Tery Logan

RELATOS
DE UNA
LOGAN

Editorial Fanes

Primera edición octubre, 2015

© 2015, Beatriz Tante
© 2015 Editorial Fanes
   Torrelavega, Cantabria
   www.editorialfanes.com
© Ilustraciones Anhell Martínez

Printed in Spain - Impreso en España

ISBN: 978-84-944353-4-8
Depósito legal: SA 659-2015

Cruzó océanos y mares con la fuerza de un guerrero.
Ascendió cumbres insólitas, aun con poco aliento.
Y atravesó solo el desierto entero...

La última batalla fue la más cruel jamás contada,
pues sabiendo que estaba perdida,
combatió herido y sin un solo arma.

A mi padre.

ÍNDICE

PRÓLOGO

Los relatos de Terror, para unos autores son fáciles de escribir, para otros muy difíciles. Son opiniones siempre subjetivas, pero cuando los ojos se deslizan sobre las palabras, las páginas de un relato, en seguida te das cuenta de si es bueno o malo. Se interpreta muy pronto debido a la prosa, en ocasiones prosa poética. Son muchos los escritores/as que creen que intercalando escenas gore consiguen su propósito, pero no es así. Las escenas o situaciones escalofriantes deben estar motivadas, han de ser inteligentes, tienen que estar documentadas. Tery Logan ha conseguido una excelente aleación con lo expuesto, y ha obtenido un bronce que a la par que duro, es dorado y brillante como los sobrerrelieves de Giberti en el baptisterio del Duomo de Firenze. En cada recuadro, en cada escena, la narración y el ritmo son idóneos. Tery Logan sabe escribir. Cuando me propuso que redactara este prólogo, dudé y mucho, no es mi intención hacer prólogos para poner miel o pimienta en la obra de ningún colega. Leyendo "Sangre y Alas" puedo decir que es una autora con futuro si la promocionan, porque se puede tener mucha calidad y cultura y no conseguir la difusión deseada. Tery Logan tiene muchos años por delante, y no soy de los que creen que por ser mayor o por ser joven se escribe mejor o peor, se pueden conseguir historias excelentes a cualquier edad. Terminar un relato de forma original es muy difícil ya que todo está escrito, lo que hacemos los escritores es aderezarlo, adaptarlo al pensamiento, a las formas, al lenguaje de la generación a la que pertenecemos. El tiempo actúa luego como cedazo, ya que escribiendo historias semejantes, unas perduran y otras desaparecen. Esta escritora tiene en su haber un recorrido todavía no muy conocido, pero significativo, y tiene fuste para seguir escribiendo. Posee un bagaje de experiencias muy importante que sabe introducir en ocasiones con profesionalidad y en otras, con deseo de golpear la psiquis del lector e impactarle. Tery Logan, per sé, es la que tiene que decidir que situaciones, qué frases coloca en sus historias sin que nadie trate de influir en ella, lo cual no es óbice para que ella misma se sienta influida por lo que capte su mente, a través de sus ojos, de sus oídos, de su tacto. A Tery Logan no le hacen falta lecciones ni directrices, con "Sangre y Alas" demuestra sobradamente que sabe deslizarse sola por la autopista de la literatura.

Apreciado lector, si has leído el prólogo, sigue ahora con la historia, que es lo importante.

Ralph Barby
www.ralphbarby.blogspot.com.es

LA PROVIDENCIA

Evan miró el reloj: llegaba tarde. Muy tarde. Era la segunda avería de su coche en lo que iba de mes. «Tengo que jubilar ese viejo cacharro», pensó mientras miraba el paisaje para intentar evadirse. Se desabotonó ligeramente la camisa y bajó la ventanilla; aún así, las gotas de sudor resbalaban por su frente. Tal y como era costumbre en Albuquerque, el día era extremadamente caluroso.

—¿No puede ir más deprisa? —preguntó nervioso al taxista.

—Si me multan, ¿quién lo paga? —Le miró de reojo por el retrovisor.

—Ahí va mi teléfono. —Sacó una tarjeta de visita de su americana y la lanzó al asiento del copiloto—. Y ahora, acelere. —Y volvió a mirar por la ventana.

Aunque el sol se reflejaba contra el cristal, reconoció la forma singular que se alzaba entre las colinas. Por fin llegaban a Pico Sandía; el último tramo de la Ruta 66, que unía Chicago con Santa Mónica.

A las diez y cuarenta y tres el taxista frenaba en seco. «Qué tipo tan raro», pensó mientras observaba cómo se alejaba a toda prisa tras dar un portazo. Le llamó la atención el enorme cartel que colgaba de la fachada principal del edificio: «Prisión estatal de Nuevo México». Contó un par de veces los billetes y antes de arrancar en busca de otro cliente, abrió una lata de cerveza y se la bebió sin pestañear.

Evan se dirigió al módulo de máxima seguridad a través del pasillo principal. El aire se concentraba en exceso debido a su estrechez, provocando un olor nauseabundo al que no terminaba de acostumbrarse pese a que no era su primera vez. Apenas había luz y la sensación era cada vez más angustiosa. Una vez pasada la barrera policial y el primer sistema de seguridad de doble puerta, llegó a la oficina central.

—Morris, ¿has visto un muerto o qué? Tienes mala cara —comentó entre risas el viejo Jimmy. Evan se alegró al ver una cara conocida.

—Debe haber sido un golpe de calor —dijo con un hilo de voz—. Se me estropeó el coche esta mañana y cogí un taxi pero el tipo era extranjero y dimos un buen rodeo, pasamos por Tanoan desde Primrose Point hasta llegar aquí. No le funcionaba el aire…

El hombre soltó un silbido y le ofreció un vaso de agua.

—Aguarda aquí mientras registro tus datos en el libro de visitas. —Se apoyó en una mesa donde un montón de papeles, un par de vasos de plástico con restos de café y un teléfono con el cable deshilachado apenas le dejaban espacio para escribir—. Aquí tienes amigo. —Le devolvió su acreditación—. ¿Por quién vienes hoy?

—Por Webber…

—Una lástima lo de ese hombre.

—Sí. Una lástima. Bueno, Jimmy, llego tarde. Nos vemos.

Evan cogió su americana y su maletín y se despidió con un gesto de agradecimiento. Jimmy le sonrió, siempre le había caído bien aquel hombre. Pulsó un interruptor y la puerta metálica se abrió. Subió un tramo de escaleras, tomó el segundo pasillo a la derecha y se topó con otros cuatro tramos más. «Ya queda poco», se dijo y siguió caminando pensativo: a la tarde llamaría al taller. Volvió a mirar el reloj: las once y once. Esperaba que no fuera demasiado tarde.

En la celda 647, el reo estaba sentado con las piernas ligeramente separadas y las manos entrelazadas, como si estuviera rezando. Tenía los ojos cerrados y era imposible que se percatara de que a Neils le temblaba el pulso. Tan solo sentía cómo el agua resbalaba hasta sus oídos mientras la cuchilla acariciaba su cuero cabelludo de una forma que le resultaba hasta agradable. «Hemos terminado"», dijo el funcionario, secándole con una toalla. Su tacto era suave y cálido. Recogió la palangana, la jarra y el resto de utensilios. Al abrir la puerta, se dio de bruces con un hombre pelirrojo, de rostro afable y pecas, al que custodiaban dos compañeros. «Es el periodista», aclaró uno de ellos. Le dejaron pasar, cerraron la puerta y echaron los cerrojos de seguridad. Evan tardó unos segundos en reconocerle. Habría perdido unos doce kilos y todo el pelo desde que no le veía.

—Soy Morris, periodista de Actualidad penal, ¿me recuerda? —Forzó una sonrisa nerviosa—. Lamento el retraso.

—Claro que le recuerdo —Se estrecharon la mano.

—No quisiera resultar maleducado, pero disponemos de poco tiempo. ¿Da su consentimiento para la entrevista? —Webber asintió—. Bien, encenderé la grabadora, si no le importa.

El reo volvió a asentir.

—Póngase cómodo. —Le acercó una pequeña silla de madera y él se sentó en otra.

—Cuando usted quiera, Sr. Webber. —Apretó el botón.

—Llámeme Jack, por favor. —Se echó sobre el respaldo y comenzó a hablar—: Aquella tarde estuve con ellas. Yo era su jardinero desde hacía unos meses. Marlene se había separado y pasaba por una mala época, de esas que todos hemos tenido, ya me entiende... Flirteábamos desde hacía semanas y habíamos pasado juntos la noche anterior. No era la primera vez. Marlene me gustaba. Me gustaba mucho. Jamás le haría daño a nadie, y menos a ella o a su hija... ¡Tan solo tenía cinco años! ¿Cómo podría cometer semejante monstruosidad? —Hizo una pausa—. Ese hombre, Meyer, el tutor de Shelma, tenía algo que no me gustaba. Iba a menudo a casa de la señora Bates con la excusa de reforzar las clases del colegio a la niña. Era observador, ávido, calculador... Extraño, en definitiva. Recuerdo una mañana en que yo entré en la casa en busca de un generador para la podadora y allí estaba él, observándola mientras jugaba, como un águila que acecha su presa, con esa extraña forma de moverse, tan sutil y exquisitamente medida. Al verme, se separó de ella; parecía incómodo. Lo recuerdo como si fuera ayer: vestido con aquella horrible chaqueta de cuadros, sus pantalones de pana y sus mocasines brillantes. No me gustaba, no. —Estaba completamente inmerso en su narración—. Las pruebas revelaron que yo había sido el último hombre con el que Marlene había mantenido relaciones sexuales, como así fue, pero yo no la violé. Y por supuesto, tampoco las maté. No encontraron huellas ni ninguna otra prueba que me incriminara pero mi abogado me advirtió que era prácticamente imposible que me declarasen inocente y, vaya si tenía razón.

—Seguí su caso desde el principio, Sr. Webber. Disculpe, Jack —rectificó—. Es evidente que el jurado se dejó influenciar por los testigos que la propia familia de las víctimas aportó. ¿Les ha perdonado?

—Sí. Imagino que sí...

—¿De quién se ha despedido hoy?

—De ellas dos. Lo hago cada día desde hace años. Y de mi madre, que menos mal que ya no está.

—¿Se arrepiente de algo, Jack?

—Apague la grabadora, Morris. —Este hizo caso y apretó el botón—. Esta es ya una conversación de hombre a hombre. ¿Sabe qué? Jamás he matado a nadie pero si tuviera a ese desgraciado delante de mis narices, le aseguro que mi última voluntad sería romperle la cara hueso por hueso. —Morris le miraba turbado—. No me mire así. Soy inofensivo, ¿no lo ve? ¿Le apetece un cigarro?

—No fumo, gracias.

—Yo tampoco, pero estos imbéciles me han dejado un paquete y no sé qué hacer con él. Se lo regalo. ¡Ah! Y tenga, esto también.

—¿La Biblia?

Asintió.

—Léala. Se la recomiendo. La segunda lectura se disfruta mucho más que la primera.

—Muy agradecido, Jack… —titubeó y finalmente la cogió—. ¿Segunda lectura?

—El tiempo aquí no pasa, se sufre y hay que entretenerse y aferrarse a lo que se pueda.

—Muy respetable.

—Adivino un pero…

—Pues que no me complico la vida con la religión. ¿Resurrección? ¿Espíritu Santo? ¿Castigo divino? ¡Venga ya! Debería resultar mucho más sencillo: un dios allí arriba cuidando de los de aquí abajo y poco más.

—La justicia también debería ser así: el culpable a la cárcel y el inocente a la calle…

—Touché. —Se ruborizó.

—Deduzco que usted no es creyente.

—De la religión no. Y de la justicia, con casos como el suyo, cada vez menos.

—Me pregunto qué le pasó para sentir ese rechazo… Prefiero que no me conteste pero una cosa, ¿reza?

—¿Rezar? —Le miró sorprendido —No, no rezo. ¿Y usted?

—Aquí hay dos opciones, y no soy de los que se rinden. Morris, le voy a pedir un favor solo por ser hoy —Guiñó un ojo—. Si no quiere rezar, lance plegarias, pídale a la vida. Si no cree en la Providencia, confíe en los pequeños milagros que ocurren día a día. Y si tampoco cree en Dios, al menos crea en usted mismo. Eso le ayudará.

—Lo haré, le doy mi palabra. —Llamaron a la puerta y se levantó sobresaltado.

—Por cierto, a la pregunta de antes le diré que no, que no me arrepiento de nada salvo de aquello que nunca hice. Las cosas pasan por algún motivo. Imagino que este es mi karma.

—Gracias, Jack. Le deseo mucha suerte. —Le tendió la mano cabizbajo y echó a caminar hacia la puerta.

—¡Morris!

—¿Sí? —Se giró, haciendo un esfuerzo por sostenerle la mirada.

—¡Escriba un buen artículo!

—No le quepa duda. ¡Se lo debo!

Jack Webber se quedó solo. No había ninguna diferencia con respecto a los otros días, estaba igual de solo pero tenía miedo. Había imaginado muchas veces cómo sería el momento en que diría adiós a todo cuanto le rodeaba. Una vida entera se iba. Su vida. Le temblaban las manos y el corazón parecía salírsele del pecho. «Boom, boom, boom», resonaba. Respiró hondo, contó hasta diez y se incorporó. Se asomó por la rejilla de la puerta de la celda y avisó a los guardias.

Evan bajaba las escaleras muy lentamente. Tenía la sensación de que cada peldaño medía una milla. Las piernas no le respondían y aunque necesitaba salir de allí, no podía avanzar más deprisa. De nuevo le invadió el olor intenso y sintió unas terribles nauseas. No podía avanzar o no quería... «Te lo debo, Jack Webber», le repetía su conciencia y se dio la media vuelta para ir a buscarle y estar con él en sus últimos momentos.

La estructura laberíntica de la prisión, diseñada para evitar fugas, dificultaba el sentido de la orientación y le costó cierto esfuerzo llegar hasta la cabina de los testigos. Todas las sillas estaban ocupadas y se quedó de pie junto con un grupo de periodistas. Miró la hora en el reloj que colgaba de la pared: las once y cincuenta y ocho.

No había ni una cámara de fotos a la vista, su uso era ilegal durante la ejecución. Observó con detenimiento a sus colegas: unos tomaban notas, otros se limitaban a mirar y otros cuchicheaban entre sí. No podía apartar la mirada del desolador escenario que se vislumbraba tras el cristal: un lavabo y una camilla a un lado, la enorme máquina de metal en el centro y la «comitiva» en el otro.

A las doce en punto, el condenado de la celda 647 entró a la sala de ejecución a través de la puerta lateral. Sonó un pitido por el megáfono y se hizo el silencio. Ronald Hank, el director, sacó un papel del bolsillo de su chaqueta y comenzó a leer.

—Hoy, 10 de octubre de 1970, en la prisión estatal del estado de Nuevo México, tendrá lugar la ejecución del condenado a muerte en la silla eléctrica, Jack Webber, culpable de los delitos capitales de violación y asesinato de Marlene Bates, y del de su hija, Shelma Bates.

Siguiendo con el procedimiento, uno de los funcionarios comenzó con la electrocución. Jack estaba atado de pies y manos. Las correas le hacían daño. Ya no había vuelta atrás. «Boom, boom, boom», se le aceleró de nuevo el corazón. Tenía la boca seca y los músculos completamente agarrotados. Sintió la presión de la cincha que sujetaba firmemente el electrodo a su cabeza y apretó las mandíbulas fuertemente para contrarrestar la terrible sensación. Cerró los ojos y sintió la primera descarga; sus miembros se contorsionaron en infinitos bucles. La corriente alterna le atravesaba a la velocidad de la luz, le atravesaba la piel y los músculos hasta alcanzar los órganos y los huesos. Jack se contraía convulsionando, mientras sus células se partían en incontables pedazos; era capaz de sentirlo. Su nariz y sus oídos empezaron a sangrar y los ojos se le iban a salir de un momento a otro, apenas le quedaban fuerzas y vino la segunda descarga, por lo que rezó y rezó para que acabara pronto. La sangre y todo él se deshacían, consumiéndose hasta quedar en la nada.

De repente, la alarma sonó.

—¡Señor! —Todos le miraron expectantes. Era Jimmy quien exclamaba—. ¡Han encontrado hace escasos minutos a una niña que podría ser Shelma Bates! ¡Y está viva!

—¡Paren! ¡Paren el sistema! ¡Saquen a Webber de ahí! —gritó Hank descompuesto.

Neils apretó el botón y la máquina se paró; prácticamente arrancaron las cinchas de cuero que sujetaban a Webber y lo sacaron a toda velocidad en una camilla. El médico que debía para certificar su muerte ahora tendría que salvarle la vida. ¡Qué paradoja!

Ronald Hank se marchó angustiado, corriendo hacia el teléfono. Según le contó la policía de Ecatepec de Morelos (México), la niña había sido encontrada en el sótano de una vieja casa abandonada; el propietario era un tal Paul Meyer, cuya desaparición habían denunciado hacía tres días en el instituto donde daba clase. El director regresó de inmediato con paso firme para informar a sus hombres, pero los periodistas le asaltaron a medio camino.

—¿Están completamente seguros de que es Shelma Bates? Si es así y Webber no sobrevive, ¿cómo afectará este suceso a la justicia de Nuevo México?

—Como ya saben, Martha Bates fue hallada descuartizada y enterrada en Albuquerque Acres. Sin embargo, la niña jamás apareció y cabe la posibilidad de que no esté muerta y sea ella. Su identidad aún no ha podido ser comprobada, pero lleva una pulsera con su nombre. Nos queda un largo trabajo de investigación por delante y, por supuesto, contaremos con la inestimable ayuda de la policía de México. En cuanto a Webber… confiemos en que se salvará.

—¿Quién y cómo han encontrado a la niña? ¿Le han dicho la ubicación exacta?

—Fue encontrada en el noroeste de México, en un barrio llamado La Providencia. —A Evan se le abrieron los ojos de par en par y ahogó un suspiro—. El nombre de la persona, por razones de seguridad, no es de carácter público. Para poder facilitarles más información, les invito a la rueda de prensa que tendrá lugar mañana a primera hora. Gracias y buenos días. —Se dio media vuelta y se marchó.

—Se acabó la función —se escuchó al fondo, y el grupo se disolvió.

—Ja, ja, ja. —Morris se carcajeó como si estuviera loco.

Salió corriendo de la sala de ejecución y se las apañó para orientarse hasta alcanzar la cabina de los guardias, donde le pidió a Jimmy que llamase urgentemente a un taxi para que viniera a buscarle.

—Tardará unos cinco minutos, Morris. Le acompaño a la calle…

—¿Oíste lo mismo que yo? ¿La niña fue encontrada en La Providencia?

—Eso parece. ¿Lo conoce?

—No pero si Webber se salva, será parada obligatoria.

Al salir de la prisión, el taxi le estaba esperando. Se despidió de su amigo y montó en el coche.

—¿A dónde vamos?

—Vamos al Hospital Presbiteriano, tengo que ver a mi amigo. —Se quitó el reloj—. Se lo regalo si llegamos en menos de diez minutos. —El taxista miraba fijamente por el retrovisor y asintió. Evan le guiñó un ojo—. ¿Le importa subir la radio?

El hombre accedió. La noticia de la niña encontrada viva se hacía eco en todas las emisoras.

—¡Agárrese fuerte! —Y aceleró.

Tal y como era costumbre en Albuquerque, el día era extremadamente caluroso. Atrás dejaron Pico Sandía; el último tramo de la Ruta 66, que unía Chicago con Santa Mónica y atravesaba Albuquerque. Evan miraba atento el paisaje para disfrutar de él. Bajó la ventanilla, necesitaba respirar aire puro mientras rezaba por el hombre que le había hecho recuperar la fe.

MOONDAY LOVE

Moonday

Apagué los faros del coche. En la radio sonaba Slave to love, de Roxy Music; me traía algún que otro recuerdo y subí el volumen. El tipo de la gasolinera se acercó y golpeó el cristal para preguntarme si quería el depósito lleno, asentí con la cabeza y, recostada en el asiento, empecé a tararear: «Slave to love... laralá... slave to love... ¡Oh!... No puedo escapar... esclava del amor...». Pagué, arranqué el motor y me dirigí hacia allí, por la segunda salida de la tercera comarcal, pensando en él. «Moonday. Habitación 312. Mañana a las ocho», decía la nota que Adam había dejado en mi taquilla el día anterior. Sí, era una locura, pero el placer de la aventura sentaba tan bien...

Llevábamos tonteando un par de semanas. Adam era un enfermero deliciosamente encantador cuyo contrato en prácticas marcaba nuestra fecha de caducidad, pues en cuatro o cinco meses a lo sumo abandonaría la ciudad. A pesar de ello, y de que yo era diez años mayor, me fui abandonando al juego de la seducción y accedí a reunirme allí con él.

Al acabar la jornada había ido de compras a Blooming Days, al igual que tantos otros días antes de dirigirme a casa. Los escaparates lucían la temporada de otoño recién estrenada: colores vivos y cortes clásicos que me recordaban a la moda de los noventa, cuando yo era una veinteañera que vestía con vaqueros descosidos y camisetas de algodón barato porque no tenía un dólar. Fue entonces cuando conocí a Harry, un chico algo tímido pero tremendamente atractivo por el que estaban coladas la mayoría de mis amigas, con quien después de un par de negativas acepté salir. Recuerdo nuestra primera cita en un autocine con su Cadillac rojo bermellón. Entonces, Harry era divertido…

Los neones purpúreos del Moonday, un motel de carretera barato que conocía solo de oídas, destellaban a lo lejos. Estaba nerviosa. Aparqué y me pinté los labios de rojo intenso, me eché unas gotas de perfume dulzón y estrené unas medias negras caladas. Cogí la bolsa donde guardaba la lencería que acababa de comprar y caminé directa hacia la habitación. «Trescientos doce», me repetía.

Empecé a subir las escaleras a paso ligero, la luz estaba encendida y se me aceleró el corazón. Le imaginé con sus pantalones de pana ajustados y su jersey de cuello vuelto, tal y como había ido a trabajar aquella mañana. ¡Olía siempre tan bien! El deseo me consumía y apenas me dejaba respirar; me sentía como una novata a punto de iniciarse en el juego sexual, ansiosa por descubrir el éxtasis. Fantaseé sobre cómo me estaría esperando: si sentado o de pie junto a la ventana, si fumando un cigarrillo o tomando una copa… imaginé el cruce de nuestras miradas al recibirme; pensé en cómo sería nuestro primer beso y en cómo me abrazaría y me haría suya en el calor de la noche. ¡Uf! Se me cortaba la respiración… Me mojé los labios y llamé a la puerta.

Una voz familiar me gritó a lo lejos.

—¡Dianne!, ¡Dianne! ¡Espera, por favor! —Me giré.

Era Harry. Me quedé paralizada. ¡Estaba guapísimo!

—Eh… yo… no sé qué decir… —titubeé.

¿Qué podía decirle? ¿Qué excusa podía inventar que resultara creíble? ¿Podría perdonarme? Sacó un papel del bolsillo de su chaqueta y me lo dio. ¡Era la nota! Me temblaban las manos. No me explicaba cómo la tenía ni recordaba dónde ni cuándo yo la había perdido… pero, ¡allí estaba!

—Casi no la veo. La próxima vez que quieras dejarme un mensaje en clave, hazlo de una forma menos sutil. ¿Y si te hubiera dado plantón? Dime… —No contesté—. Por cierto, bonito lugar para pasar una noche romántica. Estás preciosa. —Se echó a reír—. ¿Sirven cenas aquí? ¿En serio quieres que nos metamos ahí dentro?

Yo lo miraba atónita, sin saber qué decir. Me había pillado y, sin embargo, allí estaba. Nuestro matrimonio se hundía desde algunos meses atrás, pero por cobardía ninguno fuimos capaces de sincerarnos e intentar buscar una solución. De ser así, ¿la encontraríamos? En mi caso, Adam no había sido el causante, pero sí la excusa perfecta para evadirme y no sentirme responsable de nuestro fracaso. Sabía que aquello no sería la solución ni tan siquiera un entretenimiento y de ser infiel a Harry con él, la culpa me habría hundido. Nos ahogábamos, pero allí estaba Harry, sacando las fuerzas y la valentía que yo no tenía, lanzando el último salvavidas a nuestra relación. Y si un hombre se merecía que lo intentara todo por él, ese era Harry.

—Llévame a casa —le rogué, y me tendí en sus brazos.

—Pediremos sushi, como a ti te gusta. —Me besó—. Anda, tesoro, vámonos.

Harry me acompañó hasta el coche y sujetó mi puerta para que me subiera, como hacía siempre. No quería despegarme de él, así que permanecimos un rato abrazados y tardé en meterme en el coche. Antes de arrancar miré de nuevo la habitación que ahora permanecía a oscuras, supuse que el enfermero se había cansado de esperar e incluso era probable que nos hubiera visto. Me daba igual, ni siquiera le debía una explicación. Solo tenía ganas de volver a casa y hacer el amor con mi marido hasta caer dormidos en un largo y profundo abrazo.

Harry esperaba dentro del Chevrolet bajo los neones del Moonday, mirándome. Le hice un gesto con la mano, y sonreí; fingí todo lo bien que pude pero era evidente que llevaba grabada a fuego la culpa en la cara. De camino a casa me preguntaba cómo se repondría de aquello, pues de sobra él sabía que no era mi letra. Miré por el espejo retrovisor: Harry me seguía. Cuando llegamos, se metió corriendo en el cuarto de baño, me acerqué a la puerta y escuché lo que me temía; solo había visto llorar a Harry tres veces: en nuestra boda, cuando sacrificamos a Balko y en ese instante. Que Harry no se lo merecía era evidente y que yo no era feliz, también. Creo que él tampoco lo era... no, definitivamente no lo era, pero estaba apostando a lo grande, como siempre; y yo, para variar, no sabía si conseguiría estar a la altura...

Saqué la lencería que había comprado ese día y la guardé en el primer cajón de la cómoda, esperando darle pronto un buen uso con Harry. Me quité las medias caladas, el vestido y me miré al espejo, intentando averiguar quién era la mujer que me observaba desde el otro lado.

Aquella noche, aunque en sueños, Harry y yo volvimos a nuestro Cadillac rojo bermellón. Vestíamos vaqueros raídos y camisetas de algodón y fumábamos marihuana en el asiento de atrás mientras nos arrebataba la pasión, como cuando éramos novios. Mientras nos besábamos, el fugaz destello de los neones purpúreos del Moonday desvió momentáneamente nuestra atención; era el cartel del motel el que nos deslumbraba desde la carretera. Hipnotizada, no podía dejar de mirarlo, pero Harry acarició mi cara con suma ternura, nos miramos y seguimos besándonos como dos adolescentes escuchando en la radio nuestra canción favorita, Slave to love, a la luz de la luna, conducidos de nuevo hacia el amor. «Slave to love... laralá... somos tan jóvenes para decidir crecer y para soñar... puedo escucharte reír, puedo verte sonreír… y aunque tu mundo cambie yo seré el mismo… laralá… slave to love… laralá… y no sé escapar de este Moonday love…».

Love

Me afeité, me puse la americana negra y los pantalones ajustados que, según ella, me hacían tan buen trasero. Cerré de un portazo y me monté en el Chevrolet, con la música a todo volumen. Cogí la segunda salida de la tercera comarcal, tomé un par de curvas bastante pasado de velocidad e intenté serenarme o no llegaría vivo. No podía dejar de imaginar al tipo. ¿Qué tendría él para que Dianne se jugara así nuestra historia?

Los neones purpúreos de un mohoso motel de carretera parpadeaban a lo lejos, sin duda era el Moonday, donde se habían citado a las ocho. Vi su coche y aparqué al otro extremo del parking; me quedé recostado en el asiento en silencio, observando.

Dianne se bajó del coche, se le notaba nerviosa porque caminaba con duda y ella era de paso firme. Por un momento la ira se apoderó de mí y ardí en deseos de montar un numerito pero debía esforzarme en parecer sereno si quería que la jugada me saliera bien.

Ella subía lentamente las escaleras, contoneándose. La luz de la habitación 312 estaba encendida, por lo que deduje que él debía estar ya dentro, esperando acostarse con mi mujer. O salía del coche en tres segundos para evitar la tragedia o me largaba, pero no me podía quedar allí, mirando como un mamarracho.

Dianne tocaba la puerta, dispuesta a entrar, así que bajé corriendo y solo se me ocurrió gritar:

—¡Dianne!, ¡Dianne! ¡Espera, por favor! —aullé.

Ella se volteó y se quedó paralizada al verme.

—Eh… yo… no sé qué decir… —titubeó. ¡Joder, qué mal fingía…!

Bajó las escaleras temblando como un flan y se me acercó, roja como un fresón; yo estaba aún más nervioso que ella, pero creo que no se dio cuenta. Saqué la maldita nota del bolsillo de mi chaqueta y se la di, le temblaban las manos.

—Casi no la veo. La próxima vez que quieras dejarme un mensaje en clave, hazlo de una forma menos sutil. ¿Y si te hubiera dado plantón? Dime… —No fue capaz de contestar—. Por cierto, bonito lugar para pasar una noche romántica. Estás preciosa. —Hice un gran esfuerzo por reír—. ¿Sirven cenas aquí? ¿En serio quieres que nos metamos ahí dentro?

¡Calma, Harry, calma! Estás sobreactuando… Ella me miraba atónita, sin saber qué decir. La tenía contra las cuerdas y, sin embargo allí estaba, aguantando el tipo, zarandeando la bolsita de Blooming Days, como un tic.

Nuestro matrimonio hacía aguas desde hacía semanas, ya no nos divertíamos como antes y el tiempo que pasábamos juntos era un mero trámite. Reconozco que había descuidado un poco a Dianne por el trabajo, tampoco me cuidaba físicamente como antes y seguro que a ella le importaba más de lo que admitía. Claro que pensaba en buscarme una amante con la que echar buenos ratos pero sabía que no sería la solución, aunque reconozco que cuando vi la nota me arrepentí muchísimo de no haberlo hecho. Juro que de estar presente en ese momento hubiera sido muy cruel con ella, pero no era justo juzgarla con semejante saña. Si me la jugaba por Dianne era porque la creía la mujer de mi vida.

—Llévame a casa —me rogó y se tendió en mis brazos.

—Pediremos sushi, como a ti te gusta. —La besé—. Anda, tesoro, vámonos.

Acompañé a Dianne hasta el coche y le sujeté la puerta para que subiera, a ella le encantaban los pequeños detalles. Me agarró fuerte y permanecimos un rato abrazados, era obvio que no quería despegarse de mí. Incluso noté que estaba ligeramente excitada y nos miramos de forma cómplice, resultaba evidente que nos esperaba una larga noche de cama, como cuando retozábamos sin pegar ojo antaño.

Esperé pacientemente dentro del Chevrolet a que Dianne arrancara, rezando para que el tipo fuera un cobarde y no saliera del motel hasta que nos hubiéramos marchado. De hecho, no quería ni verle la cara. Por fin, Dianne me hizo un gesto con la mano y partimos directos a nuestra casa. El camino de regreso se me hizo interminable…

Cuando llegamos, me metí en el cuarto de baño a llorar como un niño. ¡Casi la pierdo! ¡Casi pierdo a mi esposa! El miedo me invadía de tal manera que hasta tiritaba de frío entre sudores. Honestamente no sabía si sería capaz de recuperarme de aquello, aunque pondría todo de mi parte; porque si alguien se merecía que lo diera todo por ella, esa era Dianne.

Me pegué una ducha de agua fría, me perfumé y salí a la habitación vestido únicamente con una toalla. Dianne se había puesto para mí muy sexy, y yo la devoré entre susurros y promesas; la disfruté como hacía años que no la sentía, y ella me miraba con una dulzura extrema, pidiendo perdón con su entrega, de alguna manera. ¡Fue tan excitante…! Volvimos a sentir el fuego de dos adolescentes que se descubren por primera vez, que se excitan y enternecen juntos, a la vez, como los amigos y amantes furtivos de camisetas de algodón y vaqueros raídos que fuimos una vez.

El ritmo era frenético, pero un destello a través de la ventana me cegó por completo y me detuve. Dianne también lo sintió. Juraría que eran neones los que nos deslumbraban desde lejos pero era imposible: alrededor de nuestra casa solo había bosque. No era momento para distracciones, así que agarré fuertemente a Dianne, nos devoramos con el alma y la mirada y nos estremecimos juntos de placer…

Volvimos a esas promesas que haces cuando eres joven, cuando decides crecer juntos y soñar lo imposible; cuando prometes que aunque tu mundo cambie, siempre estarás ahí para el otro y sabes que nada ni nadie logrará interponerse en vuestro amor… «Slaves… love… slaves to love…».

EL SISTEMA CÓSMICO

Marzo de 2.287

Ser centinela espacial no era fácil. Las guardias eran cálidas pero solitarias, y Rash se las pasaba durmiendo. ¡Zzz! Por suerte mi cama daba a la ventana, y si me invadía el insomnio, me entretenía contando las burbujas de helio que salían de los cráteres. Plic, pluc, ploc, me imaginaba cómo sonarían al estallar. Aquella noche, el choque de lo que creí que era un meteorito reventó la cúpula de nuestro pequeño asentamiento sin piedad alguna. Y yo, atónito, ni parpadeé. Salté de la cama echando humo y gritando a Rash, que seguía fuera de onda, por lo que me lancé al auricular de emergencia, que justo comenzaba a sonar. ¡Ring!

—Aquí June desde la U.D.I. —El corazón me taladraba el pecho.

—Le habla Emmet, reportando un ataque de nave no identificada. Solicito información.

—Vi un único impacto, mi comandante. Un estallido negro… No me dio tiempo a más. —Temía ser reprendido por no ser más preciso, pero era imposible…

Por fin, Rash se despertó. Miraba absorto en la penumbra, ajeno, como un elemento decorativo en la habitación.

—Han atacado el Centro Orbital… Está prácticamente destruido. —Emmet hizo una pausa para coger aire—. Hay muchas bajas, June…

—Pero podrían ser más de cien de los nuestros…

—Hasta dentro de una hora no tendremos las cifras oficiales. Por ahora hemos salvado un trozo de propulsor y varios cadáveres de la tripulación que van para allá. El resto se ha calcinado por el fuego. Sean ágiles porque una guerra está en juego…

—A la orden, mi comandante.

—Saldremos a patrullar la exosfera por si hubiera más naves merodeando. ¡Suerte! —Emmet cortó la comunicación.

Me hice con los comandos y tecleé el código. Las luces de emergencia y las pantallas se activaron. ¡Cric! Saqué los trajes de fibra carbónica y le lancé a Rash el suyo. ¡Allá va! Preparé los guantes, mascarillas y la herramienta esterilizada. ¿Mueves el culo o qué?, rugí. Sabía que Rash estaba nervioso por cómo me miraba, pero se me había agotado la paciencia y teníamos una emergencia, ¡joder!

Por seguridad, los cuerpos viajaron a través del sistema capsular; el sensor del laboratorio se activó y les dimos paso por la puerta ovalada. Ya en la plataforma, retiramos la cubierta de plástico que cubría a los tres bastardos. ¡Qué pena encontrarlos ya muertos! ¿Por cuál empezar? ¡Eran clónicos! Lo echamos a suertes y ganó el más pálido. Tomamos unas cuantas fotografías del sistema cósmico (así le habíamos bautizado) antes de empezar. Sonríe para el book, se burló Rash. Ja, je, ji. Era callado, pero cuando se soltaba era incluso más ácido que yo. De muy pequeño tamaño, con extraños ademanes y tics nerviosos, en cambio era experto en robótica, programación y fácil de llevar. Para mí, era más que suficiente.

Yo calibraba los perímetros a toda pastilla y le cantaba las cifras a Rash, que tecleaba veloz para cotejar los datos a tiempo real. ¡Íbamos a contrarreloj! Joder, esa era la sensación. ¡Esa era la maldita sensación que tanto añoraba! ¡Au! Ampliamos zoom, hicimos simulaciones tridimensionales del esperpento y, ¡bingo!

Aunque en apariencia era un sistema común de inteligencia artificial, el mapa térmico confirmó que era inusual: muy caliente. Para colmo, el análisis microscópico evidenció una composición híbrida de hidrógeno y oxígeno. ¡Yuhu! Estábamos cerca del beneplácito de Emmet y de salvar nuestro asentamiento: Golan.

Llegó mi turno e hice una señal a Rash, que se había vuelto a desconcentrar. ¡Eh! ¡Esto es trabajo tuyo también!, le lancé la pieza de propulsor que venía con otro de los sujetos. Me gustaba mirar a los bichos de cerca. Con cada autopsia me tomaba mi tiempo, pero aquella vez... aquella vez era diferente. No sentía una pizca de culpa por violar así su dignidad. ¿Querían guerra? Pues bien, la tendrían. Y hasta entonces desearían no haberse atrevido a tocarnos. ¡Malnacidos! Cogí el bisturí más afilado y rajé su cubierta externa sin compasión. ¡Zas! ¡Toma, hijo de perra! Y comenzó a brotar un sinfín de material glutinoso similar al plasma. ¡Puaj! Intenté concentrarme para proseguir pero me dieron un par de arcadas. Era cilíndrico, blando y velludo, en resumen: asqueroso. ¡Wow! Su sistema de locomoción estaba articulado con extensiones (dos eran prensiles) y además traía cámaras de visión.

—No está nada mal. —Rash se asomó.

—¡Emmet nos espera! —insté a June a que me dejara trabajar en paz e hiciera lo mismo.

Por fin accedí a la célula de alimentación, las coleccionaba. Pero antes, arranqué las conexiones internas de sus circuitos, unidas en complejos ramales. ¡Qué extraño eres, tío! Conecté la célula al generador y descargamos un par de impulsos, sin aparente resultado. Con un fugaz haz de luz, las cámaras de visión se le encendieron y emitió un sonido descomunal. ¡Ah! ¡Estaba vivo! ¡El muy malnacido estaba vivo! En otras circunstancias hubiera sentido pena... hasta culpa, pero, ¿ahora? ¡Lo tenía! Se iba a enterar de lo que es bueno. Cogí un par de muestras y me aseguré de que sus camaritas se fijaban en mí. ¡Zas! ¿Me ves? Comencé a despedazar sus restos. ¡Zas! ¡Toma! Los fluidos invadían el suelo a borbotones, formando lagunas de diferentes tonalidades y texturas. ¡Chap, chap! La sensación al pisar era terrible y el hedor era el de la putrefacción elevado a la décima potencia: aquello sí que me producía nauseas. Muere ahora… ¡muere, perro! ¿Ahora te lo pensarías dos veces, verdad?

Me sentía agotado. Rash llevaba un rato intentando captar mi atención, pero estaba enajenado. ¿Lo tienes?, y asintió. ¡Choca amigo! ¡Plas! ¡Y más plas! El pequeñajo había descifrado los símbolos del propulsor. Sonrió y se me acercó, esquivando la viscosidad del suelo. Leí en voz alta: «Apolo 18. Cabo Kennedy—2015». Nos miramos sin entender nada. Si los humanos se habían extinguido, ¿acaso había una generación de terrícolas capaz de viajar en el tiempo?

Rash tecleó el código de seguridad y la compuerta se abrió. ¡Siempre tan inoportuno! Ya sabía dónde iba: Rash y su manía de ir al baño. ¡Blam!, cerró. Joder, tío. ¡Ahora no! ¡No me dejes con el marrón! Y serpenteó vilmente hacia la luz, dejándome a solas. ¿Cómo le explicaría a Emmet que los selenitas estábamos bien jodidos? Tenía que tranquilizarme. Bien, venga, tío, ¡vamos allá! Me armé de valor y descolgué el auricular. ¡Clic!

—Aquí Emmet…

—Mi comandante, malas noticias para Golan… —Cogí aire—. La guerra contra los terrícolas no ha hecho más que empezar…

¡DESCARADA!

Olivia W. Perkins, señorita de postín, muy delgada, soltera y de rostro fino, andaba a paso ligero por Saint George Street; sus ademanes eran distinguidos, propios de una mujer de su clase. Se dirigía al negocio de la señora Fellermann, modista muy habilidosa, gruesa y de carácter animoso cuya paciencia era equiparable a la de un santo. Tocó el timbre. Las enormes plumas de su sombrero asomaron por el cristal.

—¡Señorita Olivia, cuánto me alegro de volver a verla! —Hizo un leve ademán mientras la invitaba a pasar—. ¿Y sus padres, siguen aún en aquella casa de aguas a la que marcharon en otoño?

—Es una casa de baños, señora Fellermann, no una casa de aguas. —Guardó silencio y la modista se sonrojó, avergonzada. Prosiguió—: La salud de mi madre, como usted sabe, es delicada. Los médicos de Saint-Dennis le han prescrito aguas carbónicas y de soda para el riñón, además de un reconstituyente para la circulación sanguínea. Tengo prisa. Si no le importa… —ordenó con voz seca.

Guardó los guantes en el bolsito de satén azul y se quedó de pie, mirándola. La señora Fellermann la hizo pasar al probador y esta cruzó desde el otro extremo de la estancia con la cabeza estirada, contoneando sus caderas con descaro. Corrió la cortinilla, se sentó en la banqueta y comenzó a deshacer las lazadas de sus estilosos botines.

La mujer marchó a preparar el té, tal y como a la señorita Olivia le gustaba: con un dedal de leche, una rodajita de limón y muy dulce. Recordó cuánto se había encolerizado el día en que se lo había servido con un solo terrón de azúcar, y se echó a temblar. Encendió acelerada el infiernillo.

—¡Señora Fellermann, tiene usted que desabotonarme el vestido! Sabe que me es imposible hacerlo yo sola... —Su tono resultaba desagradable.

La mujer se apresuró todavía más, llenó la tetera de agua y echó las hojas de té sin medida alguna. Regresó sofocada.

Mientras le ajustaba la nueva prenda, la joven hablaba sin parar, jactándose de su interminable lista de pretendientes; en especial de un caballero de mediana edad, muy valeroso y honesto que bebía los vientos por ella. Se llamaba Allan Smith.

Había oído hablar del señor Smith: un caballero rico al que le gustaba aprovecharse (mediante joyas y halagos), de la inocencia de las jovencitas como la señorita Perkins, quienes le mostraban sus encantos esperanzadas con un futuro romántico que jamás concluiría en matrimonio, pues él ya estaba casado.

—El comandante Smith me ha traído de París este broche que usted ve. —Señaló su blusa, colgada del perchero—. Me hace muchos regalos. Dice que no hay mayor placer para él que verme feliz. Incluso una vez me trajo huevas de esturión, un auténtico manjar en el norte de Europa. Rió de forma grotesca y siguió hablando sin cesar de las huevas, de su broche y de París. En cierto momento le preguntó a la modista si estaba casada.

—No tengo tiempo para el matrimonio. —Y siguió prendiendo los alfileres sin prestar demasiada atención.

—Pues yo a su edad me lo plantearía muy en serio. ¿Se imagina lo horrible que debe ser envejecer sola, sin nadie que la quiera? Yo, de casarme algún día, lo haré con el comandante Smith... ¡Ay! —Exhaló un suspiro entrecortado pues sentía una enorme opresión en el pecho—. ¡Que me hace daño!

—Es que el vestido no le viene, señorita Olivia. —Trataba de cerrarle la cinturilla, pero le faltaban más de dos pulgadas.

—¿Que no me viene? ¡Aparte inmediatamente! —Le dio un manotón.

La pobre señora Fellermann se retiró hacia atrás, perpleja, con los ojos brillantes y los labios contraídos por la rabia.

Mientras, Olivia giraba sobre sí misma ante el espejo sin apenas mover los pies, en perfecto movimiento, al igual que la muñeca de una caja de música. La modista balbuceó algo pero esta le interrumpió, ordenándole un nuevo intento. Estrujó con fuerza el corsé. No podía ocultar su irritación. Olivia gruñía, resoplaba, le faltaba el aire. Cogió impulso una vez más, contrajo los brazos hacia atrás y tiró con todas sus fuerzas de ambos extremos del vestido. La joven se retorció ofreciendo resistencia y la tela cedió, rasgándose de arriba abajo. Esta chilló como un cochinillo y la señora Fellermann ahogó una exclamación y se llevó las manos a la cabeza.

—¡Oh, Dios mío! Pero, ¿qué ha hecho? —Se giró para mirarse en el espejo y siguió gritando—. ¡El baile es mañana por la noche! ¡Ay! —gimoteaba haciendo pucheros—. ¿Por qué nos pasa esto a las buenas personas? ¿Por qué?

La mujer estaba a punto de sufrir un ataque de nervios. Contuvo sus ansias de gritar a la insoportable joven y recogió la ajada prenda del suelo mientras esta seguía refunfuñando en voz baja. Se vistió, se puso su sombrero, y se marchó sin despedirse. Volvería por la tarde.

A las seis y media, entró de nuevo en el negocio, con petulancia y altivez. Tenía prisa, como siempre. La modista regresó con el encargo, había guardado el vestido en una caja de precioso estampado a juego con un lazo de color granate. La joven miró sorprendida la factura.

—¿Veinte chelines?

—Es lo acordado, señorita Olivia.

—Sí, si el vestido hubiera estado listo a tiempo. Es decir, hoy por la mañana.

—Pero… —Le temblaba la voz.

—Espero un descuento por las molestias ocasionadas, señora Fellermann.

—¿De cuánto dinero estamos hablando?

— Pues… —dudó, mordiéndose el labio inferior—. ¡Diez chelines!

—¡Pero eso es la mitad! —exclamó.

Un elegante carruaje tirado por dos caballos negros irrumpió en la avenida principal. El doctor Shepard, un hombre educado, viudo, de pelo blanco y bigote, dio orden al cochero para que se detuviera y llamó a la puerta.

—Buenas tardes, Martha. —Se quitó el sombrero y miró hacia Olivia—. Señorita —saludó, inclinando la cabeza.

—¿No nos va a presentar? —preguntó la joven mientras miraba de reojo al caballero.

Este se acercó para besarle la mano y Olivia se ruborizó y soltó una risotada. Comenzó a charlar animosamente con el doctor, que se sintió momentáneamente abrumado. La modista comenzó a toser aparatosamente.

—¿Se encuentra bien, Martha? ¿Quiere que le traiga un poco de agua?

—No se preocupe, Henry. Iré yo misma. —Seguía tosiendo—. Si me disculpan… —Se escondió en la parte trasera y corrió la cortinilla.

Se sentó. Respiraba profundamente, hinchando su voluminoso pecho tanto como podía. Tomó dos sorbos de té frío y se calmó. De repente, escuchó atónita cómo la joven se despedía del doctor Shepard y se marchaba sin más. Salió en volandas.

—Ha sido un auténtico placer, señorita Perkins. —El doctor le besó de nuevo la mano y ella sonrió.

Se dirigía hacia la puerta contoneándose lentamente, con el parasol rosáceo en una mano y el paquete en la otra.

—¡Eh, señorita Olivia! ¡Olvida pagarme! —exclamó de forma atropellada. La joven se quedó inmóvil con el semblante rígido. Dejó la caja en el suelo y abrió su bolsito de satén azul. Sacó diez chelines, los puso sobre la mesa y le miró con provocación—. Yo que usted no haría eso. —Le cogió la muñeca y tiró hacia sí—. No querrá que sepan en la ciudad que está usted embarazada de un hombre casado —le dijo con voz firme. Tenía el ceño fruncido y los labios apretados. La joven estaba atónita, pálida como el mármol, sin saber qué decir—. ¿No sabía que el Comandante Smith estaba casado? No se culpe, es normal tener esa inocencia a su edad. Y ahora si me permite, señorita Olivia Wellington Perkins, quiero mis veinte chelines. —Le soltó el brazo con desdén.

El doctor las observaba con la boca abierta, sin entender qué ocurría. Cuando le pagó, cogió su paquete y se marchó a paso ligero, sin mirar atrás. Ellos se quedaron en silencio.

—Henry, voy a cambiarme. Si me disculpa… —Este le sonrió.

Martha se guardó los veinte chelines y marchó decidida, contoneando sus caderas de forma exagerada al ritmo del suave tintineo de sus bolsillos. Henry le seguía con la mirada, embobado. Le embelesaba la forma de caminar de aquella mujer tan femenina, tan sensual, tan… ¿Cómo definirlo? ¡Tan descarada!

EL VIAJE DEL GRAN MAESTRO

Pawel Bureau, el mejor y más veterano profesor del conservatorio de música de Klievo, había elegido para la ocasión un traje de color café a juego con el corbatín y unos mocasines de piel a estrenar.

Cuando llegó a la estación de ferrocarril, fue recibido con un gran aplauso. Observó con sorpresa que había guirnaldas y globos de colores atados a las barandillas y a los postes de luz en el andén. «¡Tres hurras por el maestro Bureau!», gritaron entre la multitud. «¡Hurra! ¡Que corra el vodka a su salud!», contestaron. Todo el mundo rio, pues estaban de buen humor a pesar de la marcha del maestro. Comenzó a sonar un tamborileo, al que siguieron las trompetas, las tubas y los trombones. La banda de música estaba al completo.

Pawel se sentía muy agradecido por la despedida que le habían preparado. Niños y mayores hacían cola para desearle suerte en su largo viaje. Cuando le tocó el turno a Bartek, el maestro se emocionó al verle:

—¿Tú? Pero, ¿cómo te has enterado? —Se abrazó a él efusivamente.

—Me dijeron que te marchabas y… ¡Aquí estoy! Cualquier cosa por mi mejor amigo —sonrió, también emocionado.

—¡Bartek, tek, tek! ¡Que cuenta una y se lleva diez! ¿Te acuerdas cuando te lo cantaba en la escuela? ¡No lo soportabas!

—¡Porque siempre te reías de mí! Pero no te lo reprocho, yo me lo busqué. Al menos aprendí a sumar, pero tú siempre serás medio francés —rio.

—¡Ja, ja, ja! Bueno, cuéntame, ¿qué fue de Mirshka? ¿Te casaste con ella?

—Sí, nos casamos y… —Bartek sintió un codazo en su espalda, propinado por la mujer del pañuelo de flores que esperaba tras él—. Hemos sido abuelos recientemente. Escucha, Pawel, ojalá tuviésemos más tiempo pero queda aún mucha gente que quiere verte…

—Entiendo —murmuró decepcionado—. ¡Dame un fuerte abrazo, buen amigo! —Se abrazaron como si fuese la última vez—. ¡Dale recuerdos a Mirshka!

—¡Lo haré, no lo dudes! —gritó mientras la impaciente mujer le apartaba bruscamente para ocupar su sitio; era una tía lejana que había venido desde Francia junto con su marido y sus cuatro hijos.

«¡Chist! ¡Silencio!», alguien mandó callar y la fila dejó de avanzar. Pawel agradeció la pausa, pues se encontraba cansado y algo desorientado.

Apareció de entre la nada. La anciana mujer lucía una camisa blanca de encaje y volantes y su pelo se entrelazaba en un laborioso recogido alto, que dejaba al descubierto un collar de perlas alrededor de su finísimo cuello. Era Zosia, la profesora de armonía de Pawel cuando este era niño. Tomó asiento en una banqueta negra rectangular, sujetando con ambas manos el instrumento favorito del profesor: la viola. Tras unos segundos de concentración, comenzó a interpretar la Sinfonía en mi bemol mayor de Mozart. Sus avispados dedos se movían entre las cuerdas con una agilidad sorprendente, como si estuviesen tejiendo una telaraña. Todos miraban absortos cómo tocaba a un ritmo vertiginoso que rozaba la perfección y, tras la última nota, la misteriosa dama se levantó con aire solemne inclinando la cabeza a modo de agradecimiento, recogió sus partituras y desapareció como un fantasma, tal y como había llegado, sembrando la confusión entre la multitud.

Tras el abrumador silencio, un griterío captó la atención del Pawel, que marchó hacia el otro extremo del andén atraído por la algarabía, sin importarle que aún decenas de personas esperaran para despedirse de él. Descubrió que los causantes del alboroto eran unos jóvenes que jaleaban y vitoreaban formando un corrillo. La gente les rodeaba riendo y aplaudiendo. «Aquí llega el maestro», anunciaron mientras Pawel iba reconociendo cada uno de los rostros de sus compañeros de la militancia; no había vuelto a ver a la mayoría desde entonces. «¿Puedo unirme a la fiesta?», bromeó.

Sus amigos seguían moviéndose como chiquillos, brincando y dando palmas mientras canturreaban el himno militar. Creía haber olvidado la letra, pero en cuanto escuchó la primera estrofa, hizo memoria y se unió al resto a pleno pulmón, gesticulando con ambos brazos. Sus compañeros se fueron colocando alrededor del homenajeado, aupándole sobre sus hombros; Pawel se sentía el dueño del mundo, como cuando era joven, y rio sin parar. Lleno de fuerza, el músico saltó hacia el suelo, cayendo de mala manera, perdiendo momentáneamente el equilibrio.

—Mamá, ¿ese señor está borracho? —dijo el niño mientras devoraba su piruleta.

—No, cariño, es que un señor muy mayor y está un poco mareado.

El pequeño, de nombre Bazyli, que iba vestido con un trajecito de marinero y con calcetines de nailon hasta las rodillas, permanecía pegado a los faldones con cintas de gasa verdes de su madre, la mejor violinista de Polonia y alumna favorita del profesor Bureau. «¡Se nos va, el maestro se nos va!», murmuraba Anita, enjugando sus lágrimas con un pequeño pañuelo de lino.

«Él me enseñó todo lo que sé. Y es un gran hombre, ¿sabe?», le contaba a la mujer que, a su derecha también lloraba desconsoladamente, sin saber que estaba hablando con la hermana pequeña de Pawel.

Bazyli se alejó de su madre, aprovechando que esta no le prestaba atención, para escabullirse entre la multitud, pues los mayores le aburrían demasiado. Comenzó a imitar los ruidos de un avión, estirando los brazos a modo de alas, deslizándose para imitar también su vuelo. El niño no se percató de que Pawel se dirigía hacia él.

—Disculpa, muchacho —dijo al tiempo que le golpeaba en el hombro. El niño se detuvo, mirándole sorprendido con los ojos muy abiertos—. ¿Me enseñas cómo se hace?

Bazyli le explicó como tenía que mover los brazos y los pies al mismo tiempo para no caerse. Pawel se hizo un lío al tratar de imitarle.

—¡No, así no! ¡Coge mi mano! ¿Lo ves? —El pequeño cruzó sus brazos con los del profesor, y se fueron moviendo despacio, girando a la vez, estirándose cuanto podían—. ¡Cierra los ojos, ya verás!

Se sentía tan ligero que notaba cómo se le despegaban los pies del suelo. Rio a carcajadas. Bazyli también se divertía.

Se oyó el estruendo de un pitido a lo lejos. El mozo de la estación se ajustó la visera y permaneció de espaldas al andén, observando cómo el tren se iba aproximando. Consciente de que disponía de poco tiempo, Pawel cayó en la cuenta de que le faltaba despedirse de la persona más importante: su esposa. Desesperado, buscó entre el bullicio a Maritta. Allí estaba ella, a un lado, discreta, como siempre. Su rostro era el de la más profunda tristeza, pero aún así estaba preciosa; llevaba el mismo vestido que cuando se conocieron aquella maravillosa tarde de abril. ¡Parecía volver a tener veinte años! Ella se le acercó, portando una pequeña maleta. El tren esperaba estridente y humeante.

—Maestro, no hay tiempo. —El mozo le reclamaba.

—¡Solo será un minuto!

Asintió y se apartó a un lado para dejarles intimidad. Pawel le susurró a su esposa algo al oído. «Marcha tranquilo», contestó ella acariciando su marchito rostro. Le besó en la frente con tanta dulzura que Pawel creyó deshacerse con tanta ternura.

El vagón de máquina chirriaba y rugía cada vez más impaciente.

—¿Listo? —preguntó el joven.

—Listo.

—¿Quiere que le ayude con el equipaje?

—Prefiero llevarlo yo mismo, gracias. —Sujetó firmemente la pequeña maleta contra su costado. Cuando había subido el primer peldaño, se detuvo para dedicar una última mirada a los allí presentes—. ¡Gracias por todo! ¡La fiesta ha sido maravillosa! —sonrió, pero ya no podían oírle—. ¿Quiere que le cuente un secreto? —El mozo asintió—. Cuando alguien le diga que está listo, no le crea —dijo el profesor guiñándole un ojo—. Mienten…

Pawel fue guiado hasta su sitio y se sentó, parecía estar cómodo. Abrió la maleta, hallando su alianza de boda, la colección de vitolas de escudos de armas, y algunas fotografías, todas en blanco y negro. Escogió una en la que aparecía sonriente junto a Maritta, tras el éxito de su primer concierto en Varsovia. Fue lo último que observó. Instantes después, el tren arrancó lentamente y en silencio, llevándose al gran maestro desde Klievo hacia la eternidad…

ENAMORA2.0

Nuestra protagonista y querida señora, doña Juana La Loca, se encuentra en su habitación del palacio-cárcel de la villa castellana de Tordesillas, en plena ola de calor del mes de julio y a base de agua del tiempo y sin gas, sin ventilador, abanico, ni «ná de ná». Poco más de seis meses lleva encerrada y el aburrimiento y la apatía la corroen, ¡y de qué manera!

Sentada en el viejo escritorio frente a la pared teclea en su ordenador, un modernísimo laptop con inmensa pantalla y quinientos trece mil ochocientos seis megas de RAM (uno menos en Canarias) y Blu-ray para sabe Dios qué, cuatro núcleos (ninguno terrestre), wifi, lector de «Dividí» y HDMI, que deduce que son las siglas de «Hay días muy insoportables», dado el negativismo que la invade.

A su lado, su doncella Aurelia le echa un cable (hoy va de electrónica la cosa) sin tener mucha idea de ofimática, mientras hace sentadillas con ayuda de una silla de esas «comodísimas» de por aquel entonces, digna de ser utilizada como instrumento de tortura por la Santa Inquisición…

—Le tiene que dar al botón de refrescar página cuando se le bloquee. —Desesperada, Juana toquetea en el teclado hasta atinar con el botón—. Eso es... Muy bien. Ahora pinche y dé al Intro... ¡Ay! ¿Desde cuándo llevamos con la ofimática, mi señora? ¿Abril? ¿Febrero?

—¡Qué quisquillosa eres! ¿Desde cuándo llevamos con esto? ¿Abril? ¿Febrero? —repite con tono de burla—. ¿Y a esto qué le pasa ahora?

Juana está aturdida ante el bloqueo de pantalla de su nueva adquisición. Aurelia hace un descanso y se acerca al escritorio.

—Que no le ha dado a guardar. Vuelva a meter su dirección de correo y dé al Intro. Pero ahora, de verdad.

—¿Qué quieres que te diga? A mí el Windows 8.1 este me viene fatal para la ansiedad, Aurelia. ¡Y tú tampoco ayudas mucho que digamos!

—No, si tendré yo la culpa de la torpeza…

—¿Qué has dicho?

—Que usted es un tulipán, de la realeza… —Ante la metedura de pata, Aurelia cambia rápidamente de tema—. ¡Piense en un nick!

—¿Nick? ¿Eso qué es? —mira ojiplática.

—Pues es un nombre falso para moverse en internet. Por ejemplo, AltaMorenaGuapa_40… Que no es precisamente su caso, pero así seguro que lo entiende…

—¿Has desayunado mala leche hoy? Mmm, pues a ver... ¿Tordesillas_1510 valdría? —Ríe de forma infantil—. ¡No quiero que me reconozcan!

—Tiene razón —afirma con ironía—. Si se pone Juana_La_Loca iba a dar muchas pistas… Seguro que en Tordesillas hay tantas damas en cautiverio que nadie sospechará que es usted… ¡Buen matiz!

—¡Aurelia! —la reprende.

Esta disimula y retoma sus series de sentadillas.

—¡Se me van a poner unos «muslámenes» de órdago! Seis… Ocho… Diez…

—¡Si te vas saltando números!

—Los impares traen mal fario…

—Bueno a ver, la aplicación me pregunta sobre mi estilo de ropa y me da varias opciones: ¿Lolita, vintage, baby doll, pin-up, gótico, punk…? —Juana se mira de abajo a arriba: va vestida de negro y tapada hasta los pies—. ¡Cuántas opciones! Pues ahora mismo no sé…

—Pues yo sí que lo sé, pero el estilo viuda no viene. Así que, ¿cómo decirlo sin ofender? ¡Ponga clásico!

Juana sigue cumplimentando su perfil en la página de contactos y lee en voz alta.

—Bien, siguiente pregunta: si tengo hijos… ¿Pongo los seis, Aurelia?

—¡¿Los seis?! ¡Ja, ja, ja! ¿Está loca? —Juana la fulmina con la mirada—. Uy, señora, perdone. Es tan difícil de llevar el tema suyo que a veces no acierto...

—Casi nunca aciertas…

—Pues ponga dos o cuatro pero los seis no, que los críos de por sí ya asustan y recuerde que las cifras impares traen mal fario…

—¿Gustos y aficiones?

—Como ponga realmente lo que hace, no se come ni una rosca… Déjeme pensar. —Aurelia mira los sobrios cuadros que cuelgan de las paredes de la habitación y echa otro vistazo a la chimenea—. Mmm, ¡decoración de interiores! —Mira a través de la ventana—. ¡Y pájaros! ¡Lo de los pajaritos!

—¿Cetrería?

—¡No! ¡Lo otro!

—¿Canaricultura? ¿Ornitología? ¡Esto parece el tabú, demonios!

—Ponga canaricultura, que es más pro. Y ponga también tapices, o patchwork. —Imitando acento inglés exagerado—.

Como se diga… ¡Y Pilates! Anda que no tiene usted aquí espacio para hacer la croqueta y miles de abdominales. Yo le enseño a fortalecer brazo contra la chimenea, para que no le cuelguen las carnes…

—¡Pero qué bestia eres!

—Si es por su bien…

—Pero eso es mentir, y no tengo ni idea ni de patchwork, ni de pájaros ni de decoración. A mí me educaron en rezos, urbanidad y buenas maneras, danza, música y amazonía…

—La fiesta del ocio, vamos… Mi señora, una cosa es mentir y otra adornar la verdad. Hágame caso…

—Ay Aurelia, que yo soy de la antigua escuela. ¡Una romántica desde que eché el primer diente! Y esto tan frío, tan virtual, no me convence…

—Pero aún es joven y debe rehacer su vida, señora. Aquí los pretendientes que tiene, pues la verdad… Entre guardianes y comuneros, no hace carrera. Además, su Felipe era un pieza. Que si linaje, sangre y honor; y venga a darle al matarile. Y a todo esto, sin dar palo al agua y venga a tontear con unas y con otras mientras usted ahí, centradita en ser una madre y esposa buena y casta. —Juana la mira con reprobación—. Esto… O sea, que no… Que su Felipe era una joya. ¿Qué digo una joya? ¡Un diamante! ¡Un brillante! ¡Un rubí!

Airosamente, Aurelia vuelve a salir del paso. La señora Juana y ella se aprecian mucho pero es inevitable el roce por la diferencia de caracteres.

—Tenía sus manías, eh. Y era muy celoso. De hecho, mira… —Se levanta, se alza la falda y deja ver un cinturón de castidad con triple candado—. Lanzó la llave Duero abajo y así ando ahora, que cada vez que voy al baño me las veo y me las deseo…

Aurelia pone los ojos como platos.

—Y él mientras con trajes lujosos, luciendo en fiestas cortesanas y monterías... ¡Usted era muy tonta!

Juana hace oídos sordos a este último comentario.

—¡Ya se ha vuelto a bloquear la pantalla! Anda, ponte tú que me tienes agotada...

Doncella y señora se intercambian los sitios. Aurelia resopla y Juana coge aire.

—A ver, ¿idiomas?

—Castellano nativo, francés hablado y escrito, latín y otras lenguas romances.

—¡Uf! ¡Menudo rollo, señora! Le harían rezar y todo...

—Y tanto que sí. Y varias veces al día; me daba las clases el obispo primo de mamá...

—La compadezco, no crea. Bueno, ahora tenemos que decir cómo es el hombre que busca...

—Pues... Muy romántico. Obvio... Atento, cariñoso, educado. —Suspira—. Comprensivo, masculino y viril pero con un punto de...

—Chist, chist, ¡que esto no es la carta a los Reyes Magos, mi señora Juana! ¿Hola? ¡Despierte, mujer!

—¡Qué desagradable eres cuando te empeñas, hija! Y cuando no, ¡también! Vamos, ¡que eres borde de narices!

Suena un tintineo.

—¡Ay! ¡Su primer correo! ¡Se lo abro! ¡Yo se lo leo! Que me pongo nerviosa... Remite Indígena_38. ¡Y es de Las Américas! ¡Qué interesante! Le leo: «Hola, mamita. ¿Qué buscas? Yo no me cierro puertas...». —Carcajada—. Otro fan de habitáculos, llaves y candados... ¡Este le pega!

—¡Aurelia, hoy te estás pasando!

—Disculpe, señora. Prosigo: «…Yo no me cierro puertas. Me gustaría encontrar una amiga sincera y cariñosa con la que poder compartir mis días. ¿Serás tú? Besos, reina».

—¡¿Besos, reina?! Ya me han reconocido… ¿Ves como te lo dije? ¡Te lo dije! Aurelia, al Enamora2.0 no me apuntes que está toda la nobleza metida, pero tú, no, ahí insistiendo.

—Las otras páginas de contactos no funcionan tan bien. ¡Usted hágame caso! Y lo de llamar reina es una costumbre de allá, no se preocupe…

—¿Y qué le contesto? ¿De qué hablo?

—Hombre, pues de Colón precisamente no, que igual genera mal rollo. No sé. Pregúntele por el clima y los paisajes de allá, el cultivo de las patatas y del cacao… —Suena otro tintineo—. ¡Uy, mire! Tiene un mensaje de chat. ¡Qué éxito! ¿Lo ve? En breve, ha pillado mozo, señora. Le leo. —Aurelia pone cara de circunstancia—. Bueno, mejor no. No leo.

—¿Cómo que no? Ahora, lee…

—Que no… Que no leo, ¡ea!

—Que te digo yo que sí… ¡Demonios!

Juana aparta a Aurelia de la pantalla del ordenador y se asoma, con cierto nerviosismo y lee en voz alta el mensaje del chat:

—«Felipe_El_Hermoso_number_one desea hablar contigo… ¿Zapato bajo o de tacón, guapa?» —Juana se lleva las manos a la cabeza con desesperación—. ¿En serio es mi Felipe?

—Eso parece, mi señora. El «habsburguito» ha vuelto…

—¡Qué desgracia, Aurelia! Pero si estaba muerto, que yo lo vi con estos ojitos. Que volvió de jugar a no sé qué y al beber el agua helada, le dio semejante jamacuco que no levantó cabeza de la fiebre que le dio.

—Nada, nada… Ahí lo tiene. Su rubí es bueno mintiendo hasta para morirse…

—¿No será un impostor, más bien?

—Puede ser. En cualquier caso, yo tampoco le daría bola. ¡Venga, mujer! ¡Anímese! Si quiere, le doy de baja y le apunto al Daboo…

Juana entra en cólera y Aurelia sale corriendo los cincuenta y siete escalones del torreón abajo y los setenta y cinco metros de la fachada del palacio-cárcel de la villa castellana de Tordesillas.

—¡No quiero ni oír hablar de más páginas! ¿Me oyes? —grita con la lengua fuera, el pulmón derecho contraído a más no poder y la vesícula tensa como una almendra.

Aurelia le saca un buen trecho de ventaja y aprovecha para hacer unos estiramientos.

—¡Perfectamente! Y si ahora corre un poquito más deprisa, ya habremos trabajado la parte de cardio de hoy. Luego le enseño a fortalecer pectorales…

—¡Aurelia! ¡Yo hoy te mato!

LOS CRÍMENES DE MERIDAM'S DOCK
(coescrito con Roberto de Luis)

Sábado, 18 de febrero de 1882

«¡Todo a babor! ¿Es que no me oís? ¡A babor, maldita sea!», gritó el capitán encolerizado. Las aguas se tornaban bravas y se avecinaba una tormenta sobre el pesquero; habían partido hacía días desde Aberdeen y la semana había sido muy próspera, pero si no conseguían librarse del recio temporal, de poco les servirían las toneladas de mercancía una vez muertos.

Según las previsiones del capitán, el lunes ya habrían atracado en Meridam's Dock, el puerto con mayor actividad comercial de la ciudad de Paytown. Allí venderían toda su mercancía y tras pernoctar en la Sullivan's Dock Tavern, donde sabían a ciencia cierta que les darían bien de cenar, partirían al día siguiente rumbo a Fornecks.

Estaba anocheciendo y la niebla se apoderaba de la ciudad. En la pequeña trastienda del callejón de Road Side Strap, Constance ahogaba su respiración, cada vez más agitada. Contrajo sus robustos brazos y tiró con todas sus fuerzas hasta abrir en canal con un enorme cuchillo el cadáver que se desangraba por momentos, rodeó la mesa de un lado a otro lado, como un oso a punto de devorar su festín, alzó el brazo y dejó caer una ganzúa oxidada con un golpe firme y seco, atravesando el cuerpo para escarbar con las uñas entre sus entrañas y arrancar de cuajo un puñado de vísceras mientras que el salitre de los humores se escurría por la rejilla del suelo.

Entre sudores se remangó las viejas mangas de tergal, y comenzó a golpear con ira el amasijo de carne con los nudillos, hasta que este perdió el vigor y la dureza que habían poseído en vida. Se dirigió rápidamente hacia un extremo, y tras coger el hacha más afilada entre las que pendían del techo, lo despedazó sin apenas pestañear, dividiéndolo en partes que iba lanzando a los cubos. Tras un grito de horror y alivio a su vez, el más absoluto silencio se hizo eco entre las sangrientas paredes.

Echó un vistazo a los cuerpos de los enormes atunes que colgaban sobre fríos garfios de metal y respiró hondo; tenía que salir de allí... Se dio prisa en terminar sus quehaceres: limpió las tijeras con un paño húmedo, guardó en la cámara de refrigeración el escabechado que llevaría al día siguiente a la taberna y vació el contenido de los cubos por el desaguadero, dejando que los restos se hundieran junto con las raspas y los deshechos malolientes, para siempre en el río.

Lunes, seis días antes

Los titulares del Daily Fibber de ese día decían lo siguiente: «La oleada de misteriosas desapariciones de marineros que golpea a la ciudad de Paytown comienza a ser investigada por la policía, quien declara no contar con suficientes pistas para esclarecer el caso, por lo que solicitan la colaboración de los ciudadanos...».

Constance cerró la puerta de la trastienda y recorrió el breve trayecto hasta la taberna para hacer entrega del pesado paquete que cargaba sobre su costado. Caminaba por la lonja entre la niebla que cubría el puerto; lo hacía cabizbaja, con aire despistado, pues acostumbrada al río, tan solo levantaba la vista de sus viejas botas, acartonadas y empapadas, de vez en cuando.

Su difunto padre, Fingal Bride, un hombre trabajador y de buena reputación en Paytown, les había dejado en herencia a ella y a su hermana la pescadería de Meridam's Dock, un próspero negocio al que este había dedicado toda su vida. Constance, sin apenas desparpajo, se había visto abocada a aquel oficio insalubre y desde muy jovencita recorría cada día la lonja a horas intempestivas, regateando con los pescadores y soportando los acosos de los marineros en los callejones del puerto. Cargaba, sin ayuda alguna, la mercancía hasta la pescadería, donde la limpiaba y despedazaba para luego distribuirla entre sus clientes. Para colmo apenas dormía, y con el paso de los años, el trabajo la había convertido en una mujer robusta y ruda, de rostro curtido por la humedad de los embarcaderos, y lo que era peor: vulgar. Ahora ningún marinero se fijaba en ella, pero el negocio había rentado lo suficiente para las clases de piano de su hermana, pagar la renta mensual de la casa y lo más importante, para no morir de hambre.

Tocó dos veces la puerta trasera de la fonda, a modo de contraseña. Dejó el fardo en el suelo, alisó su falda, se colocó el pelo tras las orejas y carraspeó.

—Buenas tardes, creía que hoy no vendrías.

—Eh… Buenas tardes —dijo con sorpresa y decepción al ver al hombre de prominente barriga—. ¿No está su hijo?

—Hoy le di permiso. —Rio—. Pero me dejó dicho el recado.

—Son cuarenta y dos chelines, señor Sullivan. —Extendió sus manos con la mercancía—. Pesa mucho, cójalo con cuidado.

El hombre se excusó y una vez dentro de la taberna, respiró aliviado al soltarlo, sorprendido por la fuerza de la muchacha. Salió a la calle, resoplando mientras contaba un puñado de monedas.

—Cuarenta, cuarenta y dos y… ¡Cuarenta y cinco! ¡Ahí va una propina!

—Gracias, señor. Hasta mañana.

—Eh, Constance, la semana que viene llegarán varios pesqueros desde Aberdeen y algún que otro puerto vecino, es temporada de arenque y sargo. Necesitaría un pedido extra de ese suculento atún escabechado vuestro, los marineros vendrán hambrientos. Calculo que ocho unidades serán suficientes.

—¿Ocho? —Abrió los ojos como platos—. Pero señor, no creo que…

—Oh, vamos, vamos, encontraré la forma de compensar tu esfuerzo. ¡Ah! Algún día tendrás que confesarme el secreto de la receta —dijo guiñándole un ojo.

Constance regresó a casa. Se sentía más que cansada, apesadumbrada. Abrió la puerta y escuchó unas torpes notas, imaginando que el nuevo alumno de su hermana sería el hijo de otra pobre familia burguesa.

Eveline era tres años menor que ella y tenía una gran habilidad para la música. «Asegúrate de que tu hermana no pierda ese don que el Señor le ha dado», estas fueron las últimas palabras que Constance escuchó de su padre. Y fue así como la niña traviesa, a la que nadie nunca reprendía, se convirtió en la pianista de la fonda más conocida de Paytown. En la Sullivan´s Dock Tavern pernoctaban los marineros que atracaban en Meridam´s Dock. Allí, Eveline era famosa por su variado y alegre repertorio, que repetía cada noche a eso de las ocho, salvo los lunes, su día descanso. Cuando se sentaba al piano, todos le miraban, abstraídos tanto por su prodigiosa manera de tocar como por su belleza.

«¡Do, mi, sol! ¡No do, mi, fa!», señalaba esta entre risas. Cuando Constance fue a entrar en la salita, se quedó clavada bajo el umbral de la puerta y un escalofrío la recorrió toda entera; sé mordió los labios y apretó las manos con fuerza, sin dejar de observar cómo acariciaba el hombro del chico. No podía creer que fuera el joven Sullivan quien aporreaba las teclas.

—Vengo de ver a tu padre. Le dejé los atunes que me pediste.

—¿No podrías ser más original? —contestó Eveline sin levantar la vista de la partitura—. Y ahora vete, estamos trabajando, Constance.

—Pero yo… —Sullivan levantó sus torpes manos del instrumento, pero Eveline le chistó para que siguiera tocando.

—¿Por qué no haces tus tareas? Luego le cuentas cuán apasionantes son tus «pececitos». —Esta se dio media vuelta, obediente—. ¡Y lávate la sangre de la ropa! La casa apesta a pescado —gritó con malicia—. Diez escalas, Sullivan. Ida y vuelta, ya sabes. Primero la mano derecha, y luego la izquierda. Ahora mismo vuelvo.

Constance se encontraba en la pila. Había puesto en remojo el gorro y el delantal, y se frotaba con ímpetu las uñas con un viejo cepillo.

—¿Terminaste todo el trabajo? —susurró mientras apretaba fuerte sobre su costado.

—No sabía que él estaría aquí —contestó ruborizada.

—Me lo envía el viejo. El muchacho tiene menos oído que un gato disecado, no distinguirá un do mayor de un menor ni con cien clases. Cree que con mi escote a dos palmos, su hijo dejará de pensar en los fornidos marineros. —Se quedó mirándola impasible, esperando una reacción—. ¿Y bien?

—No digas esas cosas de Sullivan, por favor, no son verdad. —Hizo una pausa para secarse las manos—. Claro que lo terminé.

—Así me gusta, hermanita. —Sonrió de nuevo, propinándole una palmadita en la espalda—. Tengo buenas noticias: el chico me ha contado que esperan el atraque de una buena partida para la semana que viene.

—Algo me comentó su padre, y me hizo un buen encargo. Pero Eve, ya no tenemos por qué hacerlo. —Sentía ganas de llorar—. Dijiste que solo lo haríamos hasta saldar la deuda de papá...

—¡Chist! ¡Harás lo que yo te diga! ¿Está claro?

Regresó al salón, tapándose los oídos. La serenata era lamentable.

—¡Basta! —Bajó de golpe la tapa del piano y se quedó apoyada en él. Sullivan observó las finas y delicadas manos de su profesora—. Hemos terminado por hoy, te veré el próximo lunes a la misma hora. Puedes irte.

Se despidió obediente y echó a caminar con sus andares amanerados y su mirada bobalicona. Cuando el joven de cadera estrecha y gran altura, imberbe y de lento pensar entró en la taberna, su padre aguardaba con impaciencia. «¡Eh muchacho, ponte a trabajar ya!», gritó a la vez que le lanzaba el delantal. Se colocó tras la barra y se dispuso a preparar media docena de cazuelas de escabeche mientras esperaba la furtiva mirada del novelista. De fondo, la pianista tocaba una alegre melodía. Al terminar, se levantó y salió, como siempre, a airearse.

Óscar pertenecía a una de las familias más acomodadas de Paytown, y como buen joven burgués, no requería de un trabajo para pagar sus rentas, por lo que la literatura era más que una profesión, un hobby, pues jamás se había atrevido a publicar nada. Desde que tenía uso de razón, y dado que nadie le leía cuentos, Óscar los escribía para sí mismo. Sus padres tenían una vida social demasiado intensa para dedicarle tiempo, y su institutriz era una exigente profesora a la que no le gustaban ni él ni sus estúpidas historias.

—Hoy llegas tarde. ¿Irás esta noche a la hospedería del centro? Me gustaría verte. —Sullivan negó con la cabeza mientras su padre le observaba—. ¿Y mañana?

—No lo sé. No creo. Últimamente tenemos mucho trabajo. —No dejaba de remover con la paleta.

—No me extraña —afirmó, saboreando una cucharada—. No sé bien cómo, pero me resulta más delicioso cada día, si cabe.

—¿Cómo va tu novela, Óscar?

—Se fueron las musas para no volver, y mi inspiración se tiñe de gris. Solo bromeo, sé que odias mi vena petulante. Pero sí, ando un poco estancado. —Rió señalando su cuaderno—. Tu padre ya no nos mira —miró de reojo tras de sí y susurró—. ¿Sabes? Hace días que la observo.

Óscar se refería a April Slot, la joven prostituta de vestido blanco que en aquel momento conversaba alegremente con un marinero. Hizo una seña a Sully para que se acercara y prosiguió su relato.

—Cada semana aparece con nuevas botas y vestimentas demasiado caras para una mujer como ella. Sospecho que se trae algo entre manos.

—¿Tú crees? Podría tener un «mecenas». —Guiñó un ojo—. No me resultaría nada extraño.

El viejo Sullivan volvió a gritar; el chico debía seguir trabajando y Óscar se despidió. Al salir de la fonda, se chocó con un marinero que salía de la taberna a trompicones, haciendo eses.

—¡Aparta bisoño! —protestó el beodo tambaleándose, tratando de recobrar el equilibrio. El escritor se fijó en las toscas botas de tachuelas azules que le habían propinado el pisotón.

—¡No se disculpe, que ya lo haré yo por usted!

«Imbécil», pensó. Miró de nuevo su rostro repleto de pecas y continuó su camino.

Tanto la ropa desgastada como los remiendos con hilo de esparto delataban la profesión del marinero irlandés que se acercó al agua para respirar aire fresco, aunque solo consiguió acentuar su mareo y nublar aún más su visión. Se agarró con fuerza a una de las columnas de la galería del muelle, pero todo cuanto le rodeaba entre los pesqueros y los oscuros soportales seguía dando vueltas a su alrededor y contempló el reflejo de la ciudad en el agua, cubierta por la bruma nocturna de Paytown. Fue entonces cuando la silueta blanca que le observaba junto a la taberna entre la neblina captó su atención.

—¡Eh, sirena! ¡Ven a hacerme compañía! ¡Ven, que hace meses que no veo hembra!

Ante su sorpresa, y aún confuso por la borrachera, observó cómo la mujer se dirigía hacia él. La luz de la cantina la alumbraba desde atrás, transparentando su cola de sirena, hermosa y estilizada. Se acercaba por el borde del dique con pasos cortos, y el erótico vaivén de sus volantes, la finísima tela ceñida a sus caderas y su generoso escote, embelesaron al lobo de mar.

«Pues aquí tienes a una», dijo. Como si de un espejismo se tratase, no dudó y el pelirrojo se aferró a sus pechos como si fuera lo último que fuese a hacer en su vida. Amarrado a ella para mantener el equilibrio, besaba su terso cuello mientras se balanceaban entre las columnas de Meridam´s Dock, donde aprovechó para acariciarla bruscamente, arrimándola contra su pelvis, mientras ella dirigía sus atolondrados pasos hacia una callejuela repleta de boyas de corcho y aparejos de pescador. Sus labios, hábiles y juguetones, sabían al frescor del mar de madrugada. Dejó de sentir el aire que había buscado al salir de la taberna. Era un lugar frío que olía a ladrillo mugriento y agua estancada que no podía identificar. Con mirada pícara, lo empujó sensualmente para tumbarlo en el duro camastro. El mareo se intensificó por la rapidez del movimiento, el techo comenzó a girar en espiral, y algo pesado amarró con fuerza sus brazos.

Al instante, sintió una brutal presión que sujetaba su cabeza contra el rígido tablón, y que tapaba su boca a la vez. Pestañeaba rápidamente sin adivinar qué lo retenía. Con la primera punzada en el estómago su vista se aclaró: su «sirena» le trinchaba el ombligo con un gancho puntiagudo. Pataleó torpemente, intentó revolverse, quiso gritar de dolor, pero sentía como si una tonelada de cabos le inmovilizara. Mientras ella retorcía el garfio en sus entrañas como si fuera un sacacorchos, él miraba impotente cómo el cuchillo se iba abriendo paso a través de su cuerpo, rasgando su carne hasta el esternón. Con la ganzúa fue sacando sus tripas una a una, regocijándose mientras le miraba a los ojos, riendo como una hiena. Finalmente, sintió con alivio que la fuerza que lo apresaba desaparecía, pero al irlandés no le quedaban fuerzas para levantarse. Solo pudo ver el reflejo de un arpón que, clavado en su vientre, subió de un certero e impulsivo golpe hasta su garganta para dejarle sin vida.

Viernes

Con paso firme y decidido, Eveline caminaba, atravesando el cruce de Road Side Strap con la oscura calle que conducía a su casa, lo que había sido uno de los edificios más hermosos del centro de Paytown medio siglo atrás. Su fachada, de ladrillo cubierto por el polvo negruzco de los humos de las fábricas, se dividía en hermosos ventanales, alzándose imponente hasta un segundo piso.

Sorprendida, se quedó quieta en la entrada, impasible, observando a su hermana, que sentada frente al piano, evocaba tristes notas sin sentido.

—¿Se puede saber qué haces? —Esta se sobresaltó y se levantó rápidamente, avergonzada.

—¡Me has asustado! Yo… Eve, yo… Yo… —tartamudeó.

—Si el Señor hubiera querido que todos tocásemos el piano, no habría permitido que fueras pescadera, Constance. —Se recostó de espaldas sobre el instrumento, alejando la banqueta con un puntapié—. No quiero que esas «manazas» vuelvan a acercarse a mi piano nunca más. ¿Me has entendido?

Esta asintió, ruborizada, sin poder articular palabra. Antes de echar a andar, su hermana la detuvo.

—Anda tonta no te enfades, que traigo buenas noticias. ¿A que no sabes con quién estuve charlando en el descanso? —La pescadera negó con la cabeza—. ¡Con Sullivan! Te sorprendería lo que me dijo. ¿Quieres saberlo?

—¿Qué te dijo? —dijo con voz temerosa.

—Digamos que te he amañado una cita con él. Te espera mañana sábado a la noche, al parecer, está bastante interesado en ti.

—¿En serio? —Sonrió tímidamente, haciendo aspavientos con las manos. Nerviosa, se colocaba el pelo a un lado y a otro mientras se mordía los labios.

Eveline se quedó sentada en el piano, tocando su melodía favorita: La tarantela de la caprichosa. La relajaba hacerlo. Constance corrió hacia su cuarto, miró su armario repleto de prendas oscuras de paño, y recordó que, no muy lejos, un viejo amigo de su padre aún trabajaba el oficio de la sastrería. Necesitaba con urgencia un vestido bonito para la ocasión.

La joven de larga melena a la que el viejo había comprado unas prendas de ropa masculinas se marchó tras recoger unos chelines del mostrador, y llegó su turno. Mientras Constance negociaba con el sastre el precio por el arreglo de uno de los vestidos de segunda mano, era April, la prostituta de la fonda, quien corría calle abajo con la respiración entrecortada; las monedas tintineaban dentro de sus botas de marinero.

Por la tarde, Constance se preparaba para su cita. Ese día, había trabajado con más prisa que nunca porque quería acicalarse con calma. Se aseó en la pila como de costumbre, se pintó con un poco de colorete de su hermana y se recogió el pelo con dos horquillas.

Llegó a la fonda, y por primera vez, no entró por la puerta trasera, sino por la principal. Lo hizo sonrojada, pues los hombres quedaron mirándola a su paso. El joven Sully, que como cada noche, andaba detrás de la barra charlando con el novelista, se sorprendió al ver allí a la mayor de las Bride. Óscar se interesó por ella y comenzó a tomar notas en su cuaderno. Sully le observaba mientras él no se daba cuenta; le encantaba hacerlo. Sus manos corrían de un lado a otro de la página de forma ágil y firme mientras que su anillo de nácar relucía más y más por el efecto del movimiento de sus dedos.

Escogió la mesa del fondo, tratando de pasar desapercibida. Al poco rato, el señor Sullivan la miró sonriente y guiñó un ojo. Ella saludó con la cabeza sin saber muy bien qué hacer, y siguió buscando entre los demás al hijo de este.

—Constance, querida, ¡qué guapa estás! ¿Habíamos quedado tan pronto? —gritó el viejo a lo lejos con cierta preocupación, pues estaban al completo y tenía mucho que servir.

—¿Cómo dice? —contestó algo confusa, mientras seguía mirando a su alrededor. Eran las nueve y cuarto y Eveline se encontraba en uno de sus descansos y permanecía de pie en uno de los laterales, conversando con un hombre algo mayor, mientras no perdía detalle de su hermana. Sus miradas se encontraron y esta se dio cuenta enseguida de la encerrona—. ¡Oh, por Dios Santo! ¿En qué estaría yo pensando? —dijo en voz alta, mientras se levantaba abochornada.

Huyó llorando, sofocada, calle abajo en dirección a Road Side Strap. Eveline salió de la fonda tras ella:

—Eh, Constance, no corras. ¡Vuelve! Fue una broma sin más. ¡Constance!. —Su voz se perdía entre la niebla... Su acompañante fue a su encuentro, y tras cogerla del brazo, la convenció para que volviera adentro con él. Eveline sonreía.

Sullivan servía el escabeche a toda prisa, pero la animosa conversación de un grupo de marineros que bebía a su lado captó su atención, distrayéndole.

—¡Mirad lo que dice el Daily Fibber! Es el cuarto en esta semana —dijo uno mostrándole el periódico al resto—. ¡Habla de «el Pecas»!

—Sospechábamos que se había caído al río, aunque el inglés afirma que lo vio marchar con una hermosa joven. Fue la última vez que le vieron.

—Mi barco no pudo partir ayer. Aún seguimos buscando a mi patrón —dijo otro dando un largo trago de cerveza—. Desapareció el lunes.

Óscar se apartó a un lado y llamó al joven tabernero.

—Tenías razón. Algo raro se cuece por aquí, Óscar. Los hombres van desapareciendo, caen como moscas.

—¿Desapareciendo? —Se acercó.

—Es lo que no saben. Pero resulta, cuando menos, sospechoso. ¿Sabes lo mejor? ¡Hablan de una joven de aquí de la taberna! ¿April, quizás? —susurró. Óscar se giró para observar con disimulo—. Allí la tienes. —Este buscó con la mirada—. Habla con aquel grupo del fondo, haciendo clientela, supongo. Parece que han hecho buenas migas ¡No, espera! ¡Se marcha sola!

Óscar lanzó unas monedas a la mesa y salió corriendo tras ella. Los volantes de su vestido le dejaron ver unas tachuelas azules que enseguida reconoció como las del marinero de rostro pecoso y echó a correr. April se le escapaba.

Tenía la misma sensación desde hacía días, y en aquel instante confirmó lo que temía: aquel hombre la perseguía para matarla. April dobló la esquina. El río aguardaba manso tras la bruma. Había tratado de despistarle entre las oscuras columnas de los soportales del muelle, pero los volantes no le permitían apenas correr y sus zancadas doblaban las suyas. Por fin avistó la escalinata de piedra que, adosada a la pared del dique, descendía hasta el nivel del agua y se hundía donde sus ojos ya no llegaban a distinguir. Miró de reojo a sus espaldas y hacia los lados. Estaba sola. Bajó los estrechos escalones hasta alcanzar el boquete del muro que servía de cloaca, y se agachó para esconderse junto a las rejas del conducto donde se estancaban las aguas. El ruido de una pisada sobre el charco hizo que se le erizara la piel, se giró rápidamente y vio al hombre a tan solo unos escalones por encima de ella. No tenía escapatoria.

—¿Qué quiere usted? —exclamó asustada. El hombre la observaba desde muy cerca.

—Tranquila, solo quiero charlar.

Óscar se mostró amigable, tratando de disimular su recelo. Se preguntaba si resultaría peligrosa. Ella se movía intranquila, acercándose cada vez más al enrejado.

—Dígame, ¿un revolcón, es eso lo que busca? —Trataba de ganar tiempo mientras pensaba en cómo escapar de allí.

—¿Cómo has conseguido esas botas?

—Las compré —mintió. Tenía miedo de que la tirase al río.

—¿Y toda esa ropa nueva que llevas? ¿También la has comprado? —El rostro de la chica temblaba, así como todo su cuerpo—. ¿O tiene algo que ver con los marineros desaparecidos? —alzó la voz, mostrándose cada vez menos amable.

—¿Qué marineros?

—Oh, vamos, no te hagas la remolona. Te habrás llevado al huerto a más de la mitad de los que paran en la Sullivan´s Dock Tavern. —La muchacha se separó de la pared, dejando ver, por fin, lo que había estado ocultando.

—No sé de dónde sale. —Señaló hacia la cloaca. Óscar se sorprendió al ver al otro lado de las rejas el bulto que flotaba en la corriente de agua que desembocaba en el canal—. Ese desagüe se vacía por la noche y es cuando aprovecho para venir aquí. Lo descubrí al traer un cliente que quería algo más de intimidad—. Metió el brazo entre los barrotes y sacó una casaca de color azul marino y unos pantalones marrones de lana—. Se lo vendo a un sastre. No hago mal a nadie.

La muchacha parecía decir la verdad.

—¿Y las botas? ¿Por qué no vendes las botas? —Señaló de nuevo a sus pies.

—Los botines son muy caros en la ciudad. Estas botas no son precisamente femeninas, pero son cómodas y abrigan.

—Déjame ver. —Examinó las prendas con detenimiento—. ¿Qué es esto? —preguntó refiriéndose a los restos de sangre y pescado.

—Imagino que... ¿Raspas y tripas? ¿De qué se extraña? —Este la miraba con asombro—. La pescadería está justo ahí arriba —dijo señalando con el dedo hacia Road Side Strap.

Óscar comprendió todo y rápidamente echó a correr.

—¡Gracias por la información! —gritó.

—¿A dónde va? ¿Qué ocurre? —El eco resonó entre las paredes de piedra y April se quedó mirando cómo el escritor subió la escalinata hasta el muelle en apenas segundos.

Cuando Óscar llegó, la puerta estaba cerrada. Golpeó suavemente con la mano pero no obtuvo respuesta. Observó una caja de madera que, al ras de la fachada, parecía ocultar una pequeña ventana ovalada, y decidió apartarla a un lado.

La luz que atravesaba la claraboya apenas iluminaba los cuchillos y las ganzúas que colgaban del techo. «¿Cómo podrá alguien trabajar así, entre tinieblas?», se preguntó Óscar. Los ladrillos que rodeaban la mesa de despiece habían adquirido un mugriento tono granate y supuso que el hedor que invadía la pescadería provenía del agua estancada del suelo.

Se encendió una luz y apareció Constance, a la que enseguida reconoció como la mujer de la fonda, la hermana de la pianista. Llevaba un delantal ensangrentado y un hacha en la mano, corrió la cortina y fue entonces cuando Óscar, horrorizado, ahogó un grito por lo que acababa de quedar a la vista tras la loneta blanca. Los cadáveres de dos hombres abiertos en canal colgaban por los pies como si de ganado se tratara.

Óscar, inmerso en semejante barbarie, apenas reaccionó cuando Eveline se le acercó por detrás para golpearle con una barra metálica en la cabeza, dejándole inconsciente. En cuanto comprobó que no se despertaría, entró corriendo a la pescadería para pedir ayuda a su hermana.

—¿En qué estabas pensando? Ese hombre llevaba un rato ahí fuera observándote. ¡Podría haber sido nuestra perdición! —gritó— ¡Ayúdame, vamos! Sabes que yo sola no puedo. —Le tumbaron sobre la sucia mesa. Estaba perdiendo mucha sangre—. ¡Átalo! ¡Deprisa! —gritó Eveline mientras se quitaba la ropa para no mancharse.

Obedeció, atándolo de pies y manos con unos viejos trapos sucios.

—¿Es que nunca vas a tener suficiente? —se lamentaba entre sollozos.

—Acércame el cuchillo. —Constance se tapaba los ojos, horrorizada—. ¡Vamos! ¡Sujétalo más fuerte!

—¡No! —Seguía llorando—. ¿No ves que está moribundo? ¡Déjalo, por favor!

Óscar abrió levemente los ojos. El ambiente húmedo y frío, el olor a vísceras y la oscuridad de aquel lugar le hicieron estremecerse. Miró a la joven: era guapa, espigada, de largo pelo dorado, nariz chata, boca menuda y claros ojos verdes, tal y como la recordaba de la Sullivan´s Dock Tavern.

—Teníamos que hacerlo, ¿no lo entiendes? —Tenía la mirada completamente ausente.

Eveline hincó el cuchillo con fuerza en su abdomen, abriéndolo en canal de abajo a arriba. El hombre no volvió a despertarse. Mientras que sus vísceras se iban amontonando en el interior del cubo, listas para ser trituradas y mezcladas con el atún, la sangre impregnaba las paredes e inundaba a borbotones el frío suelo de aquel siniestro lugar.

Se deshizo de la ropa y las botas del joven, tirándolas al fondo del río por el desaguadero. Constance la miró de reojo; sujetaba el gancho entre sus robustas manos. Siempre había envidiado su silueta, su pelo, sus finas manos. Eveline seguía regocijándose. Contemplaba las caderas de su hermana, sus ojos, sus labios... ¿Por qué no podía ser ella tan perfecta? La respiración se le volvía cada vez más agitada. Recordó uno por uno a todos los hombres a los que la «sirena» había seducido y de cuya muerte había sido cómplice, obligada a descuartizar sus cadáveres y a vender sus vísceras, una vez escabechadas, a los Sullivan.

Estaba anocheciendo y la niebla se apoderaba de la ciudad. Constance ahogaba su respiración, cada vez más agitada. La mano le temblaba pero no dudó y se abalanzó sobre ella. Había llegado el momento. La escasa luz que se escapaba por la claraboya indicaba que estaba anocheciendo en el callejón aquel sábado dieciocho de febrero.

El lunes atracaron los pesqueros de Aberdeen y Grimbsby. Sus hombres, que pernoctarían en la fonda, se reunieron a la hora de la cena. Sully se apresuraba en servir las cazuelas del suculento manjar, así como pan recién hecho y pintas de cerveza mientras pensaba en lo que le había dicho Constance esa misma mañana. Al parecer, Eveline se había fugado con un marinero sin dejar mayor rastro que una simple nota de despedida: «Soy muy feliz pero la vida de mi amante me obliga a dejar Paytown para siempre. Vuestra siempre, Eveline Bride».

Mientras apilaba los taburetes, encontró el cuaderno de Óscar en el suelo. Aunque era tarde, miró inquieto de nuevo hacia la puerta, pues el día anterior tampoco había venido. Estaba leyendo lo último que este había dejado escrito cuando un grito le sobresaltó.

—¡Tiburón! —gritó uno de ellos, interrumpiéndole.

—¿Dónde? —Se levantó otro, simulando que trataba de divisarlo a lo lejos. Los demás rieron.

—¡Tabernero! ¡Menuda bestia la del diente! ¡El atún mediría dos metros de eslora por lo menos! —Se carcajeó mostrando la blanquecina pieza con la mano en lo alto. Sullivan se acercó a la mesa para verlo de cerca.

Se disculpó, invitándoles a una ronda, y guardó rápidamente en su bolsillo la piedra de nácar del anillo que tantas veces había contemplado en su mano, consciente de que Óscar jamás volvería. Le costaba respirar, y el estertor asmático de sus pulmones, tan arraigado desde que era pequeño, se hacía cada vez más intenso y audible.

Martes, 21 de febrero

El pesquero partió de regreso a Aberdeen con la tripulación al completo. Navegaba con el viento a favor sobre las aguas que rodeaban Paytown, donde aguardaban hundidos, a la espera de ser descubiertos algún día, los restos de los marineros asesinados, junto con los del novelista y la joven Bride. La policía interrogó a April Slot, quien confesó el lugar donde robaba las prendas de marinero. Y fue así como encontraron en las cloacas la ropa y los zapatos de Óscar y de Eveline, que no tardaron mucho en identificar. Sullivan acabó por confesar el hallazgo de la piedra de nácar en el atún escabechado de su padre, y el viejo Sullivan, acusado de complicidad en la desaparición del escritor y la pianista, fue detenido e internado en Morris Flea.

Los titulares del Daily Fibber del día siguiente anunciaban: «La policía de Paytown por fin dispone de nuevas pistas para el esclarecimiento del misterio que rodea las recientes desapariciones de Óscar W. Smith y Eveline Bride en las inmediaciones de la famosa taberna del puerto: la Sullivan´s Dock Tavern. La huida de Constance Bride, hermana de esta última y propietaria de la pescadería de Road Side Strap, pone en alerta a los agentes, quienes han ordenado su búsqueda y captura…».

Epílogo

Constance abrió los ojos con un nudo en el pecho; estaba sudando. Hacía tiempo que no soñaba con escenas tan reales de su infancia. Eveline y ella, ella y Evelin. Volvió a cerrarlos. Tenía hambre y le dolían las articulaciones, pero aún era pronto para salir de su escondite: una enorme caja de madera que anunciaba «Mercancía peligrosa». Desde luego, el cartel no se equivocaba…

EL FORMULARIO 203

Sherlton Figgs, operario de una fábrica de caucho en Delaware de cincuenta y ocho años, pelo canoso y mediana altura, se veía abocado a su retiro laboral de forma inminente: había sido diagnosticado de un glaucoma avanzado e irreversible.

Su oftalmólogo, un tipo delgaducho y de aire despistado, se mostró optimista:

—Podría haber sido peor, al menos es solo un ojo. Mírelo por ese lado. — Sherlton se preguntó si se estaba burlando de él, porque por mucho que lo intentara, en poco menos de un año, ya no podría mirarlo por ese lado, ni por el otro. ¡Se quedaba ciego! Permaneció callado, sin entender por qué aquello era una buena noticia—. Dígame, Figgs, ¿cuántos años lleva usted trabajando?

—Cuarenta y dos —dijo Sherlton, abatido.

—¡Con esa cotización usted tiene la pensión de invalidez más que asegurada! —gritó eufórico mientras daba un golpe en la mesa—. La cuantía que percibirá no será ni mucho menos la que recibiría en otras circunstancias, pero algo es algo, ¿no? —El doctor se levantó, invitando a que este hiciera lo mismo, consolándole con una palmadita en la espalda—. Cuando salga, Jannette le explicará los trámites que debe usted seguir.

Sherlton asintió y salió de la consulta. Cuando llegó a casa, sacó el trozo de papel del bolsillo de su pantalón y lo miró. «Ahí lleva apuntado lo que tiene que presentar. En dos o tres meses como máximo, efectuarán el primer ingreso en su cuenta», le había dicho la tal Janette. Miró de nuevo el papel y se derrumbó en el sofá.

Resultó evidente que tendría que pedir ayuda, y así lo hizo. Acudió a su vecino, un joven con estudios universitarios que, según le había contado, se ganaba la vida trabajando para un banco. Cuando le puso al corriente de su situación, Morgan Fisher se ofreció gustoso a ayudarle: «Lo que necesite, Sherlton». Y fue así como el joven se encargó de conseguir el formulario 203, de cumplimentar este y todos sus anexos y hasta de enviar la documentación por correo. Sherlton ya solo tenía que esperar. ¡Le estaba tan agradecido!

Un día, al salir de una reunión, Morgan se encontraba en la máquina de café, donde charlaba entre otros con Martin West, el abogado de la sucursal en la que trabajaba, de quien se rumoreaba que era un auténtico tiburón en los tribunales capaz de desplumar sin compasión hasta a las grandes compañías. Aprovechó para comentarle el caso de Sherlton, abocado a la jubilación anticipada sin mayor remuneración que una mísera pensión debido a una ceguera progresiva. Añadió que la situación económica de este era bastante precaria y que, por lo tanto, no podría pagar elevados honorarios. Para Martin, el caso era tan fácil que se ofreció a llevarlo de forma gratuita, pactando el diez por ciento de la indemnización cuando ganaran.

—Toma mi tarjeta y dile a Preston que me llame —dijo Martin.

—Es Sherlton, con hache. —Hizo una pausa—. Se la daré.

—¡Diablos! ¡Sherlton, Preston...! ¡Qué más da! —Le guiñó un ojo y se marchó.

Sherlton escuchó atentamente la propuesta de Morgan, que hablaba atropelladamente. ¡Estaba eufórico! Al principio, dudó; le aterraba la idea de tomar parte en un juicio.

—¡Ese tío puede conseguirte miles de dólares! ¿No estás contento? —exclamó Morgan, entusiasmado.

«Quizá sea realmente un golpe de suerte», pensó Sherlton, esperanzado. La vida últimamente no le sonreía y tenía que intentarlo.

—De acuerdo.

Morgan no pudo reprimirse y le abrazó efusivamente.

Sherlton acudía semanalmente al bufete del célebre letrado que pasaba semanas enteras viajando, recibiendo siempre la misma respuesta por parte de la amable recepcionista.

—El Sr. West hoy no se encuentra en su despacho. Déjeme su teléfono y le llamaremos.

—Díganle que soy amigo de Morgan Fisher —afirmó convencido de que algún día se entrevistaría con él.

Un día, su vecino le comunicó que dejaba Delaware porque le habían ofrecido un ascenso en una nueva sucursal de Connecticut y había aceptado.

—Lo siento por ti, Sherlton, tendrás que apañártelas tú solo a partir de ahora con la burocracia.

Morgan parecía realmente consternado.

—¡Tonterías! Los papeles están cumplimentados y enviados, ¿No? ¿Qué problema podría tener?

Sherlton ocultó su decepción y le estrechó la mano afectuosamente.

—Que tengas suerte, amigo. Gracias por todo.

A medida que las semanas iban pasando, a Sherlton le irritaba cada vez más que su abogado, Martin West, nunca estuviese en la oficina, que no se pusiera al teléfono y que no le devolviera sus llamadas. Para colmo no podía quejarse por no mostrarse desagradecido. Durante uno de sus intentos por entrevistarse con el letrado, un hombre joven, apuesto, trajeado y de mirada perspicaz, salió de uno de los despachos, se le acercó y le preguntó qué le traía por allí. Sherlton no quería importunarle, pues parecía ocupado, y trató de ser breve. Le explicó que Martin West era un antiguo compañero de trabajo de su ex vecino, Morgan, que recientemente había sido trasladado a… ¡Demonios! No recordaba dónde le habían trasladado. El caso es que habían trabajado juntos en una sucursal de alguna entidad financiera en Delaware, y fue el mismo West quien se había ofrecido a representarle; por supuesto, sin coste alguno.

—¿Le ha dejado su amigo Morgan algún teléfono de contacto? ¿Alguna dirección? —Sherlton negó con la cabeza.

—No, no sabría dónde localizarle. —Sherlton se sintió avergonzado—. Pero si le pregunta a Martin, él se acordará de mí.

—El Sr. West se encuentra en Europa y no volverá hasta dentro de tres meses. Veré lo que puedo hacer. Y ahora, si me disculpa, tengo trabajo que hacer. Buenos días.

Sherlton supo que jamás le llamaría. Aquel hombre no había creído una sola de sus palabras, y no se lo reprochaba. ¿Cómo podría alguien creer aquella historia? ¡Le costaba creérsela hasta a él mismo! Así que Sherlton se olvidó de Martin West, y con él, de su golpe de suerte por la hipotética indemnización. «¡Bah! Tampoco era para tanto», pensó. No necesitaba aquel dinero. Con la asignación mensual que percibiría de por vida, aunque tuviera que comer sopa de picatostes o patatas hervidas, no le faltaría para comer. Como bien le había dicho su oftalmólogo: «Algo es algo, ¿no?».

Seis meses después, Sherlton se encontraba prácticamente ciego y más que severamente preocupado. Salvo por alguna factura que otra y propaganda barata, su buzón siempre estaba vacío y necesitaba saber en qué situación se encontraba su solicitud, por lo que recurrió al servicio de información telefónica, no sin mucha dificultad.

—Buenos días, ¿me podrían pasar con la Dirección General de Prestaciones Sociales de Maryland?

—Anote: seis, uno, seis…

—Señorita, disculpe, pero necesito que me pasen directamente con ellos. No puedo anotar su número, porque no veo…

Le pasaron. Cuando le atendieron, repitió sus datos a diferentes personas hasta que, por fin, le pasaron con el departamento que tramitaba las prestaciones por invalidez permanente. Explicó que hacía casi un año desde que había enviado la solicitud, pero no sabían qué decirle; estaban desbordados de trabajo y la persona que llevaba esos asuntos se encontraba de baja laboral.

—¿Llame dentro de un mes. Para entonces, la compañera ya estará de vuelta.

—¿No me pueden llamar ustedes? Verá, es realmente costoso para mí…

Se oyeron unas carcajadas y colgaron.

No fue al cabo de un mes ni de dos, sino de cuatro meses, cuando la funcionaria se incorporó, y Sherlton pudo, por fin, hablar por teléfono con ella.

—¿Dígame?

—Buenos días. Como le he dicho a sus compañe…

—Un momento, por favor —dijo la mujer, interrumpiendo a Sherlton. Se oían murmullos—. ¿Número de afiliado, por favor?

—No me lo sé, señorita.

—¿Entonces, cómo quiere que lo encuentre si no me facilita el trabajo?

—¿No le sirve con mi nombre y apellido?

—A ver… Un momento, por favor. —La mujer parecía estar riendo a carcajadas—. Sí, dile a Kevin que te lleve a cenar—. Se oían risas de fondo.

—¿Cómo dice?

—¡Le he dicho que un momento, oiga!

Sherlton estaba indignado.

—A ver, dígame su nombre.

—Figgs, Sherlton Figgs.

Esperó unos minutos al teléfono, escuchando el hilo musical. Por fin, la mujer contestó al otro lado.

—Señor, no consta concesión alguna de pensión de incapacidad a su nombre.

—Quizá haya habido un error con mis datos. ¿Podría decirme al menos si mi solicitud está siendo tramitada?

—A ver... —La mujer parecía molesta—. ¿Cómo la remitió, por correo?

—Sí, hace casi un año.

—Señor, ya sabe cómo funciona el servicios de correos… Un año no es tanto…

—¡Será para usted! Si fuera tan amable de decirme si han recibi…

—Vamos a ver si nos tranquilizamos. Le pido que tenga un poco de paciencia, ¿de acuerdo? El trámite es complejo y lleva mucho tiempo. Señor, si usted dice que ha mandado la carta, aquí estará. No se preocupe, en breve recibirá la contestación en su domicilio. ¡Buenos días! —Colgó.

Figgs vivía de sus ahorros y de un minúsculo subsidio: la beneficencia. Había pasado más de un año desde que Morgan había enviado su solicitud por correo, o eso creía él. Se sentía un estúpido por haber confiado su futuro en aquel desconocido, porque bien pensado, ¿hasta qué punto podía fiarse de alguien con quien simplemente había intercambiado unas palabras en el rellano de su escalera? Quizá Morgan simplemente se había olvidado de su carta, y avergonzado, había optado por mantenerlo en secreto. Sherlton tenía la certeza de que aquél sinvergüenza no había llevado a cabo el envío. «¡Soy imbécil!», se lamentó.

Mientras, en la oficina postal de Delaware, Ray Goldman, alias Boca sucia, se encontraba en su mesa mojando unos donuts en una enorme taza de café. Todo el mundo evitaba a Goldman: era patoso, hacía bromas demasiado pesadas y contaba chistes fuera de lugar. Aquel día, sus compañeros le habían pedido que fuera cuidadoso; esperaban la incorporación de la nueva jefa de oficina: Susan Mayo. «No prometo nada, chicos», dijo Ray mientras se reía sin pudor, mostrando sus asquerosos dientes cubiertos de chocolate.

Mayo, de treinta y cuatro años, quien había trabajado algunos años como responsable adjunta en el Ministerio de Defensa, decidió que para empezar de cero en Delaware, fiscalizaría todo el trabajo llevado a cabo hasta entonces. Susan se dio cuenta enseguida de que Ray Goldman era un vago cuya forma de trabajar, además de su conducta, eran intolerables y solicitó su traslado con carácter urgente. Cuando Ray se hubo marchado, Susan revisó minuciosamente los expedientes que este tenía atrasados, inspeccionando todas las carpetas, limpiando las cajoneras y vaciando sus armarios, donde encontró diversas cajas que, por lo que pesaban, supuso que no estaban vacías. Abrió una de ellas, y comprobó que estaba llena de cartas con el matasellos de Delaware. Inmediatamente, sacó todo su contenido y comprobó que, no solo no había tramitado aquellos envíos, sino que toda la correspondencia había sido abierta y robada. «¡Qué cabrón!», pensó. Envió un comunicado urgente al Director Estatal, del que recibió órdenes explícitas de actuar con la más absoluta discreción. Si la noticia salía a la luz, le costaría millones de dólares al Estado. «Quiero una lista con todos sus nombres. Localízales, y diles que su envío ha sido extraviado. Arréglalo, ¡como sea!», le ordenó.

Desde la oficina postal de Delaware, se informaría por igual a todos y cada uno de los afectados, a los que se pediría disculpas personalmente por ello. Susan reparó en algo que no podía obviar: no todas las cartas eran salvables. El incompetente de Ray había vertido lo que parecía ser café sobre algunas de ellas, quedando ilegibles. Por suerte, de entre todos los afectados, que eran más de doscientos, tan solo cinco remitentes se dieron por desconocidos. Por supuesto, una de las cartas era la del pobre Sherlton. Susan consiguió que expedientaran a Ray, inhabilitándole durante seis años, manteniendo el procedimiento en secreto y el asunto jamás se hizo público.

Al cabo de año y medio, Sherlton estaba prácticamente arruinado. Había recibido una carta que, según le había leído su amable nuevo vecino, decía que el subsidio estaba a punto de expirar, y a punto de vivir en la indigencia, decidió acudir en persona a Maryland. Pidió a una de sus sobrinas, que vivía a las afueras, que le acompañase. «Tendré que pedir el día libre en el trabajo, pero iré contigo», le contestó Amelia. Harían el trayecto en tren.

Aquel día, Sherlton confirmó lo que ya se esperaba.

—Señor, lo siento, pero no hay ninguna carta ni ninguna solicitud a su nombre. Un retraso de tanto tiempo por parte de la oficina de correos es impensable. —Su sobrina le sujetó la mano con fuerza y le murmuró que todo se solucionaría—. Aquí tiene. Es el formulario 203. Tiene que rellenarlo por completo, así como los anexos. Podrá dejarlo todo entregado si traen fotocopia de la documentación solicitada.

La joven cogió prestado un bolígrafo y comenzó a escribir.

—¿La traes, tío?

Sherlton negó con la cabeza, apesadumbrado.

—Pueden enviarlo por correo si lo desean... El formulario 203 se adquiere por un módico precio en cualquier oficina de atención al ciudadano.

—No, las traeré yo personalmente mañana —dijo la joven, tajante.

—Por tratarse de un caso especial, lo tramitaremos como urgente, pero como mínimo tardará tres meses. Tenga paciencia y no se preocu...

—Sí, ya lo sé. Que no me preocupe, que el trámite será lento y que ya recibiré en breve la carta en mi domicilio...

—Veo que se lo sabe, caballero.

—Sí. Demasiado bien —respondió con ironía.

Sherlton se cogió torpemente del brazo de su sobrina. El funcionario lo miró con sorpresa, al no estar acostumbrado a semejante grosería. Antes de marcharse, se giró hacia él.

—¡Oh, disculpe! Debe haber pensado que este ciego es un maleducado por despedirse de esta manera... ¡Que tenga un feliz día! ¡Buenos días!

El funcionario le miró con sorpresa. «Qué tipo tan raro», pensó, y siguió con sus tareas.

Anduvieron durante largo rato a paso tranquilo sin rumbo alguno, en silencio. Sherlton lo hacía inmerso en los recuerdos de su elocuente oftalmólogo, de la amable Janette, de su altruista vecino Morgan, del ocupadísimo Martin West, de la encantadora funcionaria que le había atendido por teléfono y, por supuesto, del tal Kevin... ¡A todos ellos también les deseaba un muy feliz día!

—Tío, agárrate, anda. —Sherlton caminada erguido, todo lo dignamente que podía, con cierta inercia y apenas sin fuerzas—. Tío... vas muy pegado al bordillo de la acera. ¡Cuidado! —Este seguía ignorándola—. ¡Tío! ¡Ah!

La bocina de un camión le pilló por sorpresa y del susto cayó al suelo. Amelia contuvo la respiración y se tapó los ojos.

—¿Está usted chiflado o qué? —El camionero se apeó gritando, con el corazón en un puño—. ¡Casi le mato!

Amelia se acercó corriendo para ayudar a su tío a levantarse.

—¿Estás bien? —Sherlton asintió—. ¿Seguro?

—Que sí...

—Hemos tenido un mal día. Disculpe... —Se dirigió al camionero.

—¿Mal día? ¡Venga, hombre!

Se subió de muy mal humor al camión y se marchó.

Figgs caminaba erguido, con cierta inercia y apenas sin fuerzas, cuando las palabras de su sobrina interrumpieron sus pensamientos.

—¡Qué susto me has dado!

Permaneció callado un instante, y por fin, habló con un hilillo de voz.

—Definitivamente, sí. Es un mal día. Tengo mala suerte hasta para que me arrolle un camión...

SALSA DE ARÁNDANOS

Roberta partía el pan de avena en rebanadas, tal y como a Bucky le gustaba, mientras escuchaba en la radio su concurso favorito sobre cine de la emisora KLM. «La respuesta es: Baby Jane. ¡Vamos! ¡Baby Jane!», animaba al concursante de la radio, apretando ambos puños con fuerza.

Abrió la puerta del horno, trinchó la carne y comprobó que aún estaba cruda. Calculó que faltaban unos diez minutos para que estuviese en su punto.

—¿Es Eva al desnudo? —contestó una voz masculina.

—¡No es correcto! Lo siento, querido oyente de Boston. ¡Sigamos jugando! ¿Quieres ser tú el ganador de los quinientos dólares? —La voz sensual del locutor se cortó para dar paso a la sintonía de la emisora—. Y ahora, un momento para el amor, escuchas Sexual Healing en la KLM. Tu radio amiga.

Roberta permaneció durante un rato con el auricular descolgado; no era la primera vez que pensaba en probar suerte. Como siempre, pensó que era una bobada y lo colocó rápidamente en su sitio. Se tensó el nudo del mandil, y volvió a su tarea: sacó los guisantes de la pequeña cacerola y los puso sobre una fuente redonda y se ayudó de una cucharita de madera para verter en la sopera el puré de patatas, que había quedado suave y cremoso, justo como a Bucky le gustaba.

Salió de la cocina con la bandeja de la guarnición para la carne, y la puso sobre la mesa del salón. Dobló las servilletas de tela de una forma caprichosa pero elegante, encendió las velas colocadas sobre los candelabros abrillantados el día anterior y contempló, con entusiasmo, el resultado de su duro trabajo. La vajilla de porcelana relucía como si fuera nueva; las copas altas para el agua, y las más estrechas para el vino, estaban más que brillantes. La cubertería de plata que la tía Betsy les había regalado como ajuar estaba colocada exquisitamente sobre la mesa.

Bucky había salido a tomar unas cervezas con los chicos y ver el partido televisado. Cuando llegó a casa a eso de las nueve, Roberta corrió a su encuentro y se lanzó fervorosa hacia sus brazos.

—Quita zalamera, tienes el mandil manchado, y por si no te has dado cuenta, hoy estreno camisa. —Roberta se retiró, aplacando su efusividad, y se limitó a besarle en la mejilla. Colgó la cazadora en el perchero de la pared y se sentó en el hall para desatarse los zapatos—. ¿No huele a quemado?

—¡La carne! —Salió disparada hacia la cocina. Abrió el horno y sacó el trozo de carne con la esperanza de que no estuviese chamuscado—. ¿Qué tal lo habéis pasado? ¿Ha ido Mike? Me encontré con Amy en el supermercado y me dijo que andaba resfriado. No me extraña, todo el día de acá para allá, el pobre... —gritaba desde la cocina.

Seguía alzando la voz sin darse cuenta de que su marido estaba justo detrás de ella.

—Sí... Ehm… Estuvo, sí... —contestó con aire distraído.

Roberta dio un respingo.

—¡Qué susto me has dado! —Se le cayeron al suelo un par de platos de postre que acababa de rescatar del mueble auxiliar—. ¡Vaya por Dios, lo que me faltaba! La carne echada a perder y ahora dos piezas menos de la vajilla.

Bucky se la acercó, apartándola a un lado para bajar el volumen de la radio.

—No sé cómo puedes escuchar a ese como se llame. ¿Sabes que antes de que un amiguito suyo le buscara ese trabajo en la KLM le «desahuciaron» de la televisión local por presentarse borracho en los estudios?

—No, no lo sabía —dijo Roberta sin dejar de mirarle.

—Pues ya lo sabes. —Apagó la radio—. Se te va a atolondrar el cerebro con tanta canción triste, querida.

—No son tristes —remarcó—. Son canciones de amor.

—El amor es triste. Si no te importa, te espero en el salón viendo el resumen deportivo. —Se miró el reloj—. Acaba de empezar.

Roberta asintió. Se agachó para recoger los pedacitos esparcidos por el suelo. Más tarde limpiaría el resto; no quería que se enfriase la cena. Llevó la sopera aún caliente a la mesa y sirvió el consomé.

—¡Bucky! ¡A cenar! —Su marido permanecía pegado al televisor, sin apartar la vista de él—. ¡Bucke! —gritó. Este se levantó rápidamente—. ¿Te gusta?

—¿Si me gusta el qué? —Roberta hizo un gesto de decepción. En silencio, miró la hermosa mesa que lucía a la luz de las velas. Miró a su marido y volvió a mirar la mesa—. ¡Oh, vamos! ¡Era broma! La cena tiene buena pinta.

—¿De veras lo crees?

—Pues claro tonta, anda ven aquí. —Se le acercó de un modo cariñoso para besarla.

—No van a funcionar tus halagos. ¿Ahora ya no mancho o qué? La cena se enfría. —Giró la cara.

Buck alcanzó la botella de vino tinto, y sirvió en ambas copas.

—Me gustaría brindar contigo por nosotros, aunque estés enfadada. —Alzó su copa, sosteniendo la mirada ante los ojos cristalinos de ella.

—Claro, cómo no.

Elevó también la suya sin ningún atisbo de emoción y tomó el primer sorbo. Bebió y bebió de aquella copa, hasta vaciarla de un solo trago.

—¡Caray, Bet, te la has bebido casi sin respirar!

—Sí… Bueno, entonces, lo pasasteis bien hoy, ¿no? —preguntó con cierta ironía.

—¿A qué viene tanta pregunta? Pues sí, lo pasamos bien, como siempre.

—No, es que es curioso… Telefoneé a Amy a eso de las ocho para pedirle una receta, pero tuvo que colgar enseguida. Mike estaba en la cama con fiebre.

—¡Vaya! Así que es eso lo que te pasa. No te lo conté para que no te hicieses ideas raras. Mike faltó, sí, pero estuve con el resto de los chicos.

Ella seguía masticando con la mirada perdida y cayó en la cuenta de que había olvidado la salsa de arándanos que había hecho especialmente para la carne. ¡También había olvidado el puré!

—Ahora vuelvo.

Roberta encendió la radio y comenzó a llorar en silencio. «Tampoco es correcto, querida amiga de Connecticut. No es La extraña pasajera», escuchó. Se secó las lágrimas, cogió la salsera, la pequeña fuente y regresó a la mesa.

—Échate un poco en la carne, sabrá mejor.

—¿Qué es? —Hizo un gesto de desaprobación.

—Lo siento. Ya te dije que se me ha quemado.

—Tiene un color raro, y huele aún peor —afirmó mientras removía con la cuchara en la salsera.

—Salsa de arándanos. Leí en una revista que al ser dulce, mezclada con la carne es un verdadero manjar. Los chefs parisinos la utilizan mucho.

Buck decidió probarla. Hincó el cuchillo sobre el trozo de carne y este resbaló del plato, saltando al mantel que ella misma había bordado años atrás; las gotas rosáceas salieron disparadas a toda velocidad hasta la pared y a la mejilla de Roberta.

—¡Mierda! ¡No sé por qué tenemos que comer como si fuésemos ricos! —se levantó corriendo para limpiarse.

—¡Pensé que te gustaría!

—¿Es que acaso se celebra algo?

Roberta apretó los labios y negó con la cabeza.

—¡Qué tonta soy! No. No se celebra nada. Era una sorpresa. Simplemente, una sorpresa.

—¿Sabes qué me hubiera gustado como sorpresa? Que me hubieras dejado ver la segunda parte del partido tirado en el sofá. Lo dejé a medias para estar contigo. ¡Dios Santo! ¡Mírame! Parezco un colegial, con la servilleta prendida del cuello, como un babero —gritó.

—¿Sabes qué, Bucky? Cómete la carne como más te plazca. Por mí, como si no te la quieres comer…

Cogió su plato, la salsa y se marchó a la cocina. Subió el volumen de la radio. Se sentó en una banqueta y siguió con su deliciosa cena. La carne, al fin y al cabo, solo estaba un poco requemada.

—¿Desde dónde nos llamas, Roberta? —preguntó el locutor.

—Desde Memphis.

—Dinos, oyente de Memphis, ¿sabes la respuesta a nuestra pregunta?

—Sí. La respuesta es Baby Jane.

—¡Correcto! ¡Ya tienen dueña los quinientos dólares! —Rio—. ¿Y qué piensas hacer con ese dinero, Roberta?

—Quizá monte un negocio lejos de aquí. —Su voz sonaba aún entrecortada.

La voz masculina se echó a reír de nuevo.

—¿De qué? Si puede saberse…

—De mermeladas y salsas de arándanos.

—Suena delicioso, Roberta. Desde la KLM te deseamos mucha suerte.

—¡Gracias! —colgó.

Roberta se quedó quieta, apoyada sobre el teléfono. Sonó la sintonía de la emisora y apagó la radio. Apuró su segunda copa de vino mientras se imaginaba su nueva vida lejos de aquel desconocido que, descamisado y tirado en el sofá, gritaba al televisor sin apartar la vista de él.

ENTRE CORCHEAS

Howard marchó temprano a la ciudad. Estaban a las puertas del mes de marzo y la siembra era inminente. Cuando regresó por la noche, lo hizo sin las semillas de calabaza y sin el dinero que Brenda le había dado. Se apeó del carro y cruzó el porche de puntillas para no hacer ruido. Su mujer le esperaba despierta, sentada en uno de los butacones del cenador.

—¿Dónde andabas? Estaba intranquila... ¿Traes las semillas? ¿Cuántas te han dado? —Lanzó enojada una pregunta tras otra de forma atropellada.

—No, no las traigo. Tengo algo mucho mejor. ¡Mira! —Sostenía orgulloso entre sus manos la nueva adquisición, ante la perpleja mirada de Brenda.

—¿Una caja? ¿Has comprado una caja? ¡Eran todos nuestros ahorros! —Brenda alzaba la voz cada vez más.

—Lo siento cielo, deja que te explique. Estaba cansado y a medio camino paré para abrevar a los caballos, cuando escuché algo que captó mi atención. Entré en un viejo bazar y la vi; estaba llena de polvo y telarañas en lo alto de una estantería. El tendero aseguraba que nunca antes había funcionado y allí estaba... ¡Sonando! —Howard lo dijo tan convencido que su mujer le miraba aún más perpleja—. No sé, me encapriché de ella...

—¿Y te lo has gastado todo?

Su marido guardó silencio.

—Saldremos adelante, confía en mí. Y ahora, vayamos dentro y te la mostraré en funcionamiento. —Howard accionó la caja y la música comenzó a sonar.

—¡Es una nana! —Ella ladeaba la cabeza al ritmo de la hermosa melodía—. Me gusta, sí. Pero, Howie, ¿qué haremos ahora sin el dinero para las semillas? Llegará el invierno... —Seguía firme, pero su enfado iba remitiendo.

Ya en la cama, Howard fumaba de su pipa mientras Brenda, abrazada a él, se arropaba con su viejo chal, hasta que el sueño los atrapó. Así hicieron aquella noche, y todas las sucesivas, pues la música de la misteriosa caja les había hechizado.

Brenda pasaba los días enteros junto a la caja de música, escuchando su bella nana a todas horas, como si se tratase de un embrujo, desde que despertaba hasta que caía el sol, mientras cocinaba, cosía o limpiaba. «Na, na, na», canturreaba.

La misteriosa caja de música se hacía grande, luminosa y poderosa; cuanto más sonaba, más vida cobraba. Sin embargo, la alacena de los Foray cada vez era más austera... Howard marchaba pesaroso en busca de trabajo cada día. Dormía poco y cayó enfermo. El invierno prometía ser duro y necesitarían provisiones pronto. «Si hubiéramos comprado las semillas de calabaza, ahora tendríamos algo que llevarnos a la boca», se lamentaban.

Una tarde, Brenda invitó a sus vecinas a tomar infusión de cebada y unas pastas; era lo único que tenía. Las Trainor llegaron pronto, con un par de bandejas de dulces de nata. La brisa era agradable así que decidieron acomodarse en el cenador y la tarde fue pasando entretenida bebiendo y comiendo mientras Howard charlaba sobre simientes, del tipo de tierra para cada cultivo y de su revolucionaria idea de construir un invernadero.

Brenda se levantó en busca de cucharillas mientras maldecía en voz baja a su marido por su cobardía: «¿A qué estará esperando para pedirles trabajo? Si ya se han dado cuenta de cómo vivimos». La anciana siguió a Brenda hasta el umbral de la puerta pero decidió no pasar.

—¿Qué es eso que suena, Brenda?

—¿El qué?

—La música… —Tenía la cara desencajada—. ¡Es terrible!

—¿Qué es terrible, señora Trainor? —Brenda no escuchaba nada.

La anciana regresó a su butacón con cierto malestar. Al instante, Brenda tomó también asiento y prosiguieron la conversación.

—¡Howard! —La voz de la señora Trainor sorprendió a todos—. Explícame esa idea tuya del invernadero. Voy a ofrecerte un préstamo para que lo construyas… —Experta en jardinería, se mostró verdaderamente interesada en el tema.

—¿Bromea? —preguntó Howard asombrado.

—Por supuesto que no bromeo. Pero hay una condición…

—Usted dirá…

—Que solo devuelvas la mitad y aceptes la otra media para que a vuestro bebé no le falte de nada. —Sonreía.

—¿Bebé? ¿Qué bebé? —Howard buscó la mirada de Brenda sin dar crédito a lo que acababa de escuchar.

—Estoy embarazada, Howie —afirmó Brenda.

—Pero, ¡es una noticia espléndida! ¿Y usted? ¿Cómo lo sabía? Brenda, ¿por qué no me lo dijiste? —Miró a su esposa. Estaba entre sorprendido y molesto.

—Te juro que no le dije nada, Howard.

—Brenda dice la verdad. Está más pálida que la nata del merengue y su tripa no es nada común para su delgadez. —Guiñó un ojo—. No me digas que no te habías dado cuenta, Howard…

—¡Es un milagro, Howie! —Brenda se echó a llorar de alegría, lanzándose a sus brazos.

—Ninguna helada podrá destrozar la cosecha gracias al invernadero. ¡Y tendremos calabazas todo el año! Señora Trainor, no sé cómo podría agradecérselo...

Pasaron los meses y Brenda engordaba más y más. Howard pasaba todo el día fuera de casa, construyendo su proyecto con mucha ilusión. Estaban tan felices que ninguno de los dos se acordaba ya de la caja de música, que acabó guardada entre polvo y trastos, al fondo de un armario, oscura, triste y ansiando volver a sonar...

Las primeras contracciones de Brenda fueron de madrugada y Howard había salido a caballo en busca del doctor. Debrah se sentía impotente mientras escuchaba los aullidos de dolor de su amiga que aguardaba en la cama, entre sudores, aferrándose a los laterales del camastro con fuerza sobrehumana.

Primero apareció Howard con el rostro turbado, abriendo camino a Jeremiah Ramsey, el único doctor de Point View. Subió al dormitorio, guiado por el marido de la parturienta, se acercó a ella para tomar su pulso y dejó sobre la cama su maletín de cuero gris.

—Tiene mucha fiebre —confirmó a los allí presentes—. Brenda, necesito que te concentres y hagas exactamente lo que yo te diga, ¿de acuerdo?

Ella asintió sin apenas fuerzas. El doctor se sentó a su lado y apretó su mano con un gesto de confianza; levantó la colcha y se sorprendió al ver que, además de haber roto aguas, tenía una hemorragia severa. Palpó su vientre, enarcó las cejas y preparó el instrumental médico.

—¡Ustedes esperen en el salón! —ordenó con voz firme—. Como poco, vienen dos. Usted quédese —indicó a Debrah.

—¿Dos? —exclamó Howard.

—Anda, ve tranquilo. Todo irá bien —le tranquilizó Debrah.

La improvisada matrona llenó varias palanganas de agua, donde escurrió las toallas. Brenda gritaba desolada mientras se desgarraba en dos. Los bebés debían ser muy grandes y costaba trabajo que salieran. El doctor se esforzaba en que nacieran sanos, consciente también de que la vida de la madre corría un serio peligro.

—¡Sujétele firmemente las piernas! —Debrah obedeció.

El doctor introdujo dos dedos en el útero de Brenda, esperando pacientemente a la siguiente contracción para actuar, pues los cabellos de la primera cabecita ya eran más que visibles. Brenda se retorcía de dolor, intentando empujar con todas sus fuerzas, mientras las manos del doctor removían su interior.

Nació el primero de ellos, un varón rollizo de aspecto saludable. El doctor ahondó aún más en su intimidad y tiró hasta que nació el segundo, y así hasta que salió, por fin, el tercero y último.

La mayor bendición para el matrimonio Foray había llegado: los niños iluminaron el hogar, los muebles recuperaron su brillo y las paredes lucían alegres. Howard había trabajado de forma tenaz durante el verano y, antes de la llegada de los meses fríos, había conseguido terminar el invernadero. En dos o tres temporadas conseguiría devolver el préstamo a las Trainor, y después todo serían beneficios pero estaba tan ocupado que apenas compartió el primer año de vida de sus trillizos.

Los críos demandaban a Brenda tanto tiempo y energía que apenas daba abasto con las tareas domésticas. Debrah Trainor tomó por costumbre acercarse a casa de la recién estrenada madre para ayudarla con los bebés por las tardes, y fue así como se hicieron amigas. Muy buenas amigas. Casi siempre acudía provista de algún pastel o empanada; le encantaba cocinar y disponía del tiempo libre suficiente para ello, pues al estar soltera y vivir con mamá Trainor, no tenía mayor ocupación. A Debrah le encantaban los niños, pero sin suerte con los hombres, ser madre no le sería posible.

Mientras Brenda bañaba a uno de los pequeños, ella cuidaba de los otros dos en el salón y algo captó su atención y fijó la mirada en el aparador. Aquella pequeña caja que aguardaba escondida tras el cristal despertó tanto su curiosidad que no pudo resistir la tentación de levantarse a cogerla, dejando a los pequeños solos por un instante. Levantó la tapa y el mecanismo se accionó con un fuerte chasquido que desentumeció los dientes de sus ruedas, y las notas empezaron a sonar con fuerza. Rápidamente la cerró y la soltó, avergonzada por lo que Brenda pudiera pensar al cogerla sin permiso.

—¡Oh Brenda, lo siento! He sido yo quien ha accionado la cajita, no pude resistirlo. Lo siento de veras —se excusó por su falta de consideración.

—No te preocupes. Ya ni me acordaba de que la tenía. Si te gusta, es tuya.

Y Debrah aceptó el regalo. Cuando llegó a casa, no se separó de la caja durante el resto de la tarde y bailó y bailó al son de la hermosa marcha nupcial. Desde pequeña, soñaba con vestirse de blanco…

—¿Qué suena? —gritó la señora Trainor—. ¿Qué es eso que suena, por dios, Debrah?

—Nada, mamá. Tranquila. —Cerró la puerta y siguió escuchando la bella melodía.

A los pocos meses la noticia corrió de boca en boca por las gentes del condado: la joven solterona por fin se casaba. «¡Es un milagro!», decían. Debrah se mudó a casa de su marido: el doctor que había asistido a su amiga en el parto de los trillizos. Casualmente, en una de las consultas rutinarias de su madre, su médico habitual estaba de viaje y les atendió el doctor Ramsey, quien se acordaba perfectamente de lo bien que había ejercido como matrona.

Debrah dejó con mucha pena sola a su madre, aunque sabía que el servicio cuidaría muy bien de ella. A menudo iba de visita y pasaban tiempo juntas, como antaño.

La señora Trainor se encontraba en la mitad de la tradicional poda de sus hortensias. Sujetaba los delicados tallos entre sus rugosas manos, cuando, del susto, lanzó las tijeras de poda bruscamente al suelo. Debrah había aparecido por sorpresa y se abalanzó, para darle un fuerte abrazo.

—¡Qué susto me has dado, por dios! —Le costaba recuperar el aliento.

—Quería darte una sorpresa…

—Pues no hay nada para comer, el servicio hoy libra; pero acabo de hacer limonada. ¿Te apetece un poco? —Esta asintió—. ¿La tomaremos dentro o en el jardín?

—Fuera, mejor.

—Pues siéntate, que hoy estás de invitada.

La mujer se dirigió al interior de la casa y tardó un rato en regresar. Cuando lo hizo, lo hizo sin la limonada y con la vieja caja de música.

—Antes de que me olvide. Llévate esto… Creo que es tuyo.

—¡Mi caja! ¡Mi linda caja! —gritó con euforia y la puso en marcha.

—¡Voy a por la limonada! ¡Qué cabeza…!

Para sorpresa de Debrah, la caja de música no sonaba como la recordaba. Aunque le resultaba igualmente atrayente, e incluso más, algo había cambiado en su tonalidad: sonaba más dulce y cálida, ¡como una nana! Rápidamente, asoció la melodía con lo que en unos meses ocurriría... ¡Jeremiah se pondría tan contento...!

La señora Trainor regresó con los refrescos. Era un día de mucho calor y bebió su limonada de un trago mientras Debrah seguía jugando con la caja.

—¿No puedes estarte quieta? ¡Sabes que la odio!

—¡Pero mamá! ¿Cómo puedes decir eso de ella?

—¡Párala!

—¡No! —gritó aferrándose a la caja, que seguía sonando con fuerza.

—¡Tráela!

La anciana se abalanzó sobre Debrah pero erró y esta consiguió zafarse; echó a correr con la caja entre sus manos, completamente enajenada por la melodía y sin mirar por dónde pisaba, por lo que tropezó con los aparejos de poda y cayó, soltando la caja sin querer. La señora Trainor, con muy buenos reflejos para su edad, se acercó rápidamente a la caja pero Debrah la agarró por un pie, tirándole al suelo a ella también. Ambas rodaron luchando por la caja. Debrah la deseaba con todas sus fuerzas pero la señora Trainor no la soltaba y le resultaba imposible quitársela, por lo que cambió de estrategia y realizó un movimiento seco con sus caderas, consiguió colocarse sobre su madre y algo captó su atención, percatándose de que eran las tijeras de poda de su madre. No dudó y, de un golpe seco, se las clavó cerca del corazón, dejándola en el sitio.

Debrah se incorporó como si aquello no fuera con ella, se arregló el vestido, se frotó levemente las manchas de sangre y se sentó en la mecedora del jardín a beber la limonada. ¡Estaba tan rica! Se sentía feliz mientras escuchaba, hipnotizada, la linda melodía de su amada caja.

Llegó el primer cumpleaños de los trillizos de los Foray. Debrah y Jeremiah estaban invitados a la celebración. La joven estaba en estado avanzado de embarazo, pero aún así se sentía con energía y había preparado un pastel de carne con guarnición de berros fritos y otro de calabaza.

Brenda salió a recibirles a la escalinata del porche y Debrah le devolvió el abrazo junto con un ramillete de flores que ella misma había cogido. Jeremiah portaba la cesta de mimbre para que su esposa no cargara con el peso.

—¿Se puede saber qué ha sido de los niños que mecía en mis brazos? ¡Han pasado solo unos meses y apenas los reconozco!

—¡Debrah, estás guapísima! Te sienta bien el matrimonio. —Esta miró a su marido y rio sonrojada.

—Gracias, Brenda. —Cogió del brazo a su amiga y la apartó del resto para dar un paseo rodeando la granja—. ¿Cómo estás querida?

—Me encuentro bastante bien, la verdad.

—Me sorprende verte tan bien. Después del trágico accidente de tu madre, no sabía cómo ibas a reaccionar... lo siento tanto...

—Ha sido duro, Brenda, pero siempre hay motivos por los que vivir —refirió mientras se acariciaba la barriga y guiñaba un ojo.

Jeremiah entró en la casa junto con Howard y soltó la cesta en el suelo de la cocina; se agachó y empezó a sacar la comida. Al fondo, bajo los pasteles, aguardaba un pequeño paquete envuelto con bonito papel que le llamó la atención; algo le impulsó a abrirlo, y quedó maravillado.

Las mujeres también se unieron a la reunión gastronómica de la cocina. A Debrah le cambió la cara cuando vio que su marido no solo había desenvuelto el regalo sino que estaba toqueteando la caja de música.

—¿Qué haces, querido? Oh, has estropeado la sorpresa —Debrah estaba muy avergonzada.

Jeremiah le miraba como si no le importara.

—No es tan grave, cariño —afirmó el doctor.

—¿Qué sorpresa? —preguntó intrigada Brenda mientras su amiga le arrebataba la caja de las manos a Jeremiah para dársela a ella.

—Es la caja de música que me regalaste, ¿recuerdas? Me pareció buena idea dársela a los niños por su cumpleaños.

—Gracias, les gustará mucho.

Brenda la dejó sobre la mesa, y salieron al porche. Charlaban, reían y pasaban a los trillizos de unas manos a otras, colmándolos de afecto. Debrah comía un pedazo de pastel de calabaza cuando la funesta melodía la sacó de sí. Impactada por el tono dramático de la melodía lejana que escuchaba y con la excusa de ir al aseo, regresó a la cocina y aunque intentó silenciar la caja, esta seguía sonando con acordes cada vez más siniestros.

Por desgracia, la muerte de la señora Trainor había sido vaticinada al son de la marcha fúnebre, pero no sería la única: aquel día Debrah sufrió un aborto espontáneo y nunca más volvió a quedarse embarazada.

Cinco años más tarde, los trillizos por fin tuvieron acceso al regalo de su primer cumpleaños de tía Debrah y tío Jeremiah. Echaron a suertes quién sería el primero en accionar el mecanismo de la caja y resolvieron que lo harían entre los tres. Giraron la ruedecilla y la música empezó a sonar: los niños comenzaron a caminar, con pasos muy cortos y muy marcados, acompañando con el movimiento rítmico de sus brazos el de sus pies, al ritmo de la marcha militar. Como no podía ser de otra manera, a los dieciocho años los tres fueron llamados a las trincheras.

Ahora que la caja de música contaba con mucho más poder, su objetivo era orquestar muchas más vidas: las de todos aquellos que se cruzaran en su camino. La suerte o la desgracia se extendían más allá de Point View entre corcheas, ¡y de qué manera!

LA LUZ DE MIS OJOS
(escrito por Inma Tante)

Tuve la osadía de pedir que pusieran en su epitafio: «Eres la luz de mis ojos». A mis hijos no solo les pareció bien, sino que lo vieron como la dedicatoria sentida de un marido enamorado y derrumbado por la muerte de su esposa. Toda una declaración de amor para una persona ciega.

El funeral acabó antes de lo esperado y sentí la necesidad de pasar algo de tiempo solo. Al fin y al cabo, nadie de los que estaban alrededor, ni siquiera mis hijos, podría imaginar mis sentimientos en aquel momento. Abatido y solo, sí; pero también inmerso en una encrucijada que iba a tratar de resolver cuanto antes.

Decidí alejarme de allí en cuanto acabaron los ayes y pésames de familia y amigos y puse rumbo a ninguna parte. Mientras conducía, mis recuerdos más recientes y lejanos se entremezclaban con muchísima rapidez y confusión. Comencé a sentirme mal. Paré el coche y vomité en repetidas ocasiones, la visión borrosa y la flojedad hicieron el resto para decidir descansar un rato y acercarme al pueblo más cercano dando un paseo. ¿Sería ese el sabor de la culpabilidad?

El pueblo me resultaba familiar pero no recordaba haber estado allí. Conseguí reponerme tomando un café con un par de azucarillos. Era un bar tranquilo y agradable, lleno de lugareños con poco que hacer y con mucho que contarse alrededor de la mesa mientras jugaban unas partidas de cartas. Entre ellos había un cura joven y, sin duda recién llegado (viendo su interés por agradar, sin obtener en contraprestación más que un par de monosílabos y sonrisas forzadas de los que él debía considerar sus feligreses), pidió un vaso de leche caliente y se giró en la barra para observar a la clientela. De algún modo, llamé su atención e hizo un gesto con la mano auto invitándose con permiso.

—¿Puedo?

Yo no moví un músculo, pero le debió resultar suficiente para decidir tomar asiento a mi lado. Casi ni me di cuenta de que le tenía delante de mí cuando sin saber cómo, tomé la decisión de que él iba a ser mi redentor, con quien iba a comenzar el camino de mi salida de la encrucijada. El hecho de ser un desconocido y cura, era la situación ideal para hacer partícipe al mundo de alguna manera mis secretos inconfesables.

—¿Cómo le ocurrió? Si puedo preguntarlo, claro.

—¿Perdón?

—El accidente. Bueno, imagino que sería un accidente. Su cara… Vamos que si no quiere no…

—¡Ah, mi cara! Hace tanto tiempo que no salgo de mi barrio que he perdido la costumbre de llamar la atención. Fue una explosión de una bombona de gas cuando era un niño.

—Entiendo. Por aquel entonces se utilizaban mucho las bombonas para calentar la casa y los accidentes estaban a la orden del día. —Se hizo un pequeño silencio y me tendió la mano—. Me llamo David y soy el párroco del pueblo. Encantado.

—Igualmente. Antonio, bueno, Toni para los amigos. El resto de los motes por los que me conocen me los ahorro, ya podrá imaginar.

—Sí. Ya imagino.

—Escuche, acabo de venir del funeral de mi mujer, aquí cerca y me preguntaba…

—Vaya, lo siento. Mi más sentido pésame. Ya me hago cargo de cómo se sentirá. Si puedo hacer algo por usted.

Me quedé pensativo por unos minutos mientras él hacía lo posible por no parecer inquieto por la situación, mirando a todas partes menos a mí.

—Estaba pensando, en fin, no sé si ahora sería buen momento, el caso es que... ¿podría usted confesarme? Llevo toda la vida sin hacerlo. No me refiero solo ante un cura, sino a que nunca he compartido con nadie cosas que ahora necesito... digamos...

—Claro que sí. Podemos ir cuando usted quiera. La iglesia está abierta para aquel que lo necesite. Permítame que le invite al café y vamos hacia la parroquia. No está lejos.

—Supongo que seguirá existiendo el secreto de confesión —dije en un tono amigable con una media sonrisa.

—¡Claro, hombre! La Iglesia ha cambiado cosas, pero la confesión sigue siendo secreta, faltaría más.

—Se lo agradezco. Pero al café invito yo, es lo mínimo.

El camino fue corto y no tuve tiempo para ir ordenando cómo contar todo lo que tenía, necesitaba, sacar fuera. No es que me estuviera arrepintiendo de mi decisión, es solo que no era fácil.

Cuando llegamos a la parroquia comenzó a contarme cómo se construyó, algunos datos artísticos de un par de cuadros que sin duda eran la joya del pueblo y cómo su reciente llegada había provocado que algunos feligreses llevaran semanas sin aparecer por misa por la fidelidad que le guardaban al párroco anterior. Creo que podríamos decir que era una buena persona.

—Pues muy bien, Toni, si puedo llamarle así.

— Sí, por favor, hágalo.

—¿Prefiere usted hacer la confesión en el confesionario o mejor en uno de los bancos? Donde usted quiera. Cada uno tiene sus preferencias. Yo prefiero no tener celosías por medio, pero lo dejo en usted.

—No lo había pensado, la verdad. Creo que mejor en el confesionario.

—Como quiera.

Una vez nos dispusimos cada uno en su sitio, comenzó la confesión.

—Bien Toni, escucho. No le pregunto cuándo fue la última vez que se confesó, porque ya me dijo que no lo había hecho en su vida.

—Bueno, cuando era niño nos obligaban a hacerlo en la misa de los domingos y antes de hacer la comunión, claro, pero a mí no se me ocurría nada que decir porque no estaba muy seguro de lo que podía ser un pecado, y al final contaba cosas que no tenían nada que ver con lo que se esperaba de una confesión, y dejé de hacerlo en cuanto tuve algo de uso de razón.

—Entiendo. Si está preparado puede empezar cuando quiera.

—Quiero… Quisiera antes de nada decir que… Bueno, le ruego que escuche hasta el final mi confesión. ¿Lo promete?

—Escucharé todo lo que tenga que decirme Toni, será usted el que decida cuándo parar.

—Se lo agradezco. Le pido esto porque además de necesitar contarle lo que va a escuchar, también necesito que intente comprender, aunque no es mi principal pretensión. No sé si alguien sería capaz de entenderlo, de hecho. —Respiré hondo y comencé mi confesión—. Bien, como es más que evidente mi vida ha estado marcada por las graves quemaduras en mi cara. Ya lo ve. Tuve que vivir con una deformación desde los 6 años y no fue nada fácil. Mi familia me sobreprotegió durante muchos años. Cuando te pasan estas cosas eres alguien anónimo pero conocido por todos. Algo raro, y cuando eres un crío difícil de llevar. En fin, que lo pasé muy mal. Los espejos eran el enemigo número uno. Las operaciones se sucedían una detrás de otra. Aun así, tuve amigos y podríamos decir que una infancia más o menos normal. Claro que en los lugares públicos las miradas iban todas hacia mí, unas más compasivas que otras, pero el horror se veía en sus caras.

—Nada es fácil Toni, como usted dice. Pero veo que era usted una persona fuerte por cómo habla del asunto.

—A la fuerza. En fin, pasaron los años y bueno, pues digamos que me acostumbré a mi físico. Una buena peluca de pelo natural, una dentadura nueva y alguna que otra cirugía hecha con acierto hicieron más fácil mi aceptación social, y la mía propia, claro. En lo académico me iba bien, tampoco era una lumbrera no vaya usted a creer, pero aplicado y con buenos resultados. Me gustaban las ciencias: la física, la química… ya sabe. El deporte mal, no por nada, porque yo quería hacerlo y me gustaba, pero el cuerpo no suda igual cuando la mayoría de él está quemado y no tiene por dónde transpirar, además de la falta de elasticidad por los injertos, ya entiende. Porque no tengo solo quemada la cara. ¿Sabe? El resto del cuerpo también. Quizá tenga que hablar ahora de la parte más sensible del asunto, bueno, con un cura me refiero.

—Le escucho Toni, no hay problema. ¿A qué se refiere?

—Al sexual, digo. Pues milagrosamente mis… bueno… mis genitales no sufrieron quemaduras y, claro, yo ya siendo un adolescente pues, con perdón, pero la naturaleza, ya sabe… En fin, que en ese sentido yo me sentía más normal que nadie, incluso un campeón.

—Ja, ja, ja. Bueno claro, es normal que a esas edades se den rienda suelta a ciertas necesidades físicas. La idea del pecado de eso Toni digamos que se ha adaptado a nuevos pensamientos en la Iglesia también. Siempre hay quien es más conservador en todo, claro, pero eso no es un pecado.

—Con todos mis respetos, no lo he contado como si fuera uno de los pecados que quiero confesar. Solo que ya que le estaba contando que tenía todo el cuerpo quemado, pues era para que no diera cosas por sentadas y explicarle...

—Claro, claro y me alegro que así fuera.

—En fin, que a mí me empezaron a gustar las chicas como a cualquier otro, pero evidentemente nunca salí con nadie, ni me di besos inocentes con chavalas en el cole o en las fiestas y así. Esto me frustraba y entristecía mucho claro, pero como también tenía amigos que aunque no tenían ningún problema físico tampoco salían con nadie, me ayudaba a sentirme todavía normal.

—A qué se refiere con todavía?

—Pues a que a medida que pasaba el tiempo eso cambió y el que más y el que menos había tenido ya sus experiencias, unos con más éxito que otros, claro, pero yo ya no tenía el consuelo de pertenecer al club de quienes no habían dado un beso, o habían tonteado con chicas, ya me entiende. El caso es que acabé mis estudios. Al final me decidí por algo de ciencias. ¿Sabe? Me gustaba mucho la investigación, pero era consciente de que tenía que ganarme la vida, y que seguramente solo podría contar con un sueldo ya que tener una pareja estaba totalmente descartado, así es que estudié oftalmología. Yo tenía ya cierta ventaja, porque como ve, uno de los ojos sufrió muchos daños y en tantas consultas vas cogiendo conceptos como sin querer cuando eres niño y luego con más intención cuando eres más mayor. Pues mi vida iba pasando, no feliz, pero me las apañaba. Aprendí a dejar de lado cosas que nunca podría hacer. Lo malo era cuando tenía que dejar de lado cosas que nunca podría sentir.

—¿Pero, por qué no podría sentirlas?

—Bueno, podría sentirlas, sí, pero no podría conseguir realizarlas plenamente.

Estoy hablando de enamorarme, claro, como ya se imaginará. —El cura se recolocó en su asiento y me miró con interés, lo que me hizo sentir más cómodo para continuar mi historia hasta el final—. Entonces decidí cambiar de ciudad. Aquello se me había quedado pequeño y quería también dar un paso adelante y conocer gente nueva, salir del entorno, ya sabe, conocer algo de mundo y... vamos, independizarme. Huir también un poco de mi propio personaje al que todos querían y protegían. ¿Sabe? Cuando a uno le pasan estas cosas parece que no tiene derecho ante los demás a tener un carácter propio. Me refiero a no ser agradable o amable necesariamente. Si a tu aspecto le sumas que no eres muy sociable e incluso antipático, parece que tú mismo te estás buscando el rechazo y sientes que toda la culpa es tuya. Es como si al ser deforme, tuvieras la obligación de, por lo menos, ser agradable con todo el mundo.

Me fui con unos cuantos ahorros que mis padres habían guardado con bastante esfuerzo y comencé mi vida propia. Una nueva vida. La cosa se empezó a ir bien desde el principio. Localicé un local en una buena calle comercial y abrí una clínica oftalmológica y también una óptica, para hacer más negocio, ¿entiende? La gente siempre necesita ver bien. Son negocios que marchan, mejor o peor, pero en un buen sitio y con poca competencia alrededor, bueno, cuesta arrancar, pero sabiéndolo llevar y con algo de don de gentes te vas haciendo con clientela que se convierte en habitual, y la ocasional también te compra. En fin, con el negocio en marcha y un buen nivel de vida comencé a buscar pareja, por internet ya sabe. Bueno, me refiero a que se lo imaginará claro, una persona como usted no utilizará este tipo de servicios, pero sí sabrá que existen. Conocí a varias mujeres con las que establecí una buena relación virtual, a veces con varias a la vez. Estas cosas funcionan, créame, y uno se crece un poco cuando es fácil entablar amistad con este tipo de comunicación. Además no hay que olvidar que mi físico en estos casos no era ningún impedimento en absoluto para poder tener algo parecido a un noviazgo sin necesidad de contacto físico.

El caso es que fue creciendo en mí la necesidad de tener una compañera. Esto que le diré quizá sí que sea un pecado, o pecadillo según lo veo yo. Comencé a frecuentar ciertos locales de ambiente, donde siempre me adjudicaban a una chica fija y donde tuve mi primera y última relación sexual antes de mi matrimonio. Fue terrible claro, y no me refiero a ella. Bueno, imagino que aun siendo una profesional, mi aspecto le produciría no muy buenas sensaciones. Le voy a ahorrar los detalles, padre, creo que no hacen falta. Pero lo pasé fatal. Logré consumar el acto, pero mi virginidad junto a la poca pasión que fui capaz de transmitir, me dejó un gran vacío. Decidí no volver a aquellos lugares nunca más. No sacaban nada bueno de mí, solo añadían más complejos a los que ya tenía y como le digo, me dejaban vacío. Acentuaron más en mí la idea y objetivo de conseguir una pareja para toda mi vida, una compañera a la que amar desde dentro a afuera, amar del todo, no sé si me entiende. Ese pensamiento se empezó a apoderar de mí. No es que hiciera nada en especial para conseguirlo, porque el tema de las relaciones a distancia me dejaron de gustar y lo de las profesionales, pues ya ve.

Y, un día, ese día, aquel inolvidable y maravilloso día, la vi. Estaba yo ordenando unos materiales en la tienda y ella pasó por delante. Yo me quedé mirándola mientras andaba por la calle. Debería ser obligatorio tener ese tipo de sensaciones. No sé lo que se sentirá al nacer, pero yo nací aquel día. Fue mi primera vez. La vez en la que sentí algo realmente nuevo para mí. Me enamoré, padre. Sí ya sé que puede parecer un tanto frívolo decir que te has enamorado solo con ver a una persona pero ocurrió, de verdad, le digo que el amor nace de las tripas, quizá luego el corazón se encargue de poner cierto orden y lanzar a la cabeza el resto que va quedando de esa emoción. Sí, me enamoré locamente. Todos los días esperaba ansioso a que volviera a pasar por allí. Llegué a abrir los domingos y festivos. No la encontré en ningún otro lugar, y tampoco hice por buscarla. Pasaron semanas en el calendario, en mi cabeza toda una eternidad. Comencé a inventarme una vida con ella, a escuchar sus palabras de amor hacia mí, y las mías hacia ella, a reírnos, tocarnos, viajar, tener hijos, ¿por qué no?, aunque no necesariamente, bueno, lo que Dios dispusiera claro usted me entiende, a bailar, a nadar juntos, a vivir, a vivir el uno para el otro para siempre una vida generosa, llena de sol y de días siempre mejores. Claro, ningún sueño va a incluir cosas dolorosas, ¿verdad? Aunque luego ocurran, pero era mi sueño, y era así. Y volvió a pasar por delante de la tienda, y así unas cuantas veces más. Y cuanto más la veía más iba creciendo nuestra vida juntos, los planes y el amor, y yo ya no podía vivir sin ella.

El caso es que un día se paró en el escaparate de la óptica. No se puede usted imaginar cómo me latía el corazón, comencé a sudar, a temblar. Apenas tuve tiempo para mascullarle a mi socio que me iba para dentro un momento cuando vi que ella se decidía a entrar. Ya se imaginará que todo mi afán era que no me viera, claro. Mientras estaba en la sala de medición, escuché cómo preguntaba a mi socio sobre unas gafas nuevas. Yo estaba nervioso, dentro, pensando que por favor le fuera contando todas nuestras ventajas y demás, para que estuviera más tiempo, ¿entiende?. Entonces quedaron para una graduación el lunes. Era viernes y yo pasé el fin de semana más largo de toda mi vida. Y llegó el lunes. Y vino. Yo me las arreglé para que las luces del techo no funcionasen ese día para que solo pudiera verme a contraluz como mucho. Mientras ella estaba sentada delante del aparato de medición, yo le iba preguntando sobre cosas generales de su vida, ya sabe, si estaba casada, a qué se dedicaba y demás. No se sintió molesta por mis preguntas, de hecho me contó más cosas de las que esperaba. Se dedicaba a la horticultura y hacía pocos meses que llegó a la ciudad. Reímos sobre algún comentario mío que dejaba claro mi poco conocimiento de su campo y su risa terminó de conquistarme por completo. Y qué decir de sus ojos, color de lluvia, entre azules y verdes como con una pátina por encima, llenos de brillo, vida y honestidad. La vida en sus ojos, el mundo entero. En ningún momento me vio.

Mi obsesión por ella comenzó a poseerme de tal manera que mi objetivo en la vida fue solo vivir con esa mujer el resto de mi vida. No importaba cómo. Habíamos conectado y todo eso, pero yo sé que no sería suficiente para comenzar ninguna relación, nunca cara a cara ni cuerpo a cuerpo. Me impacienté, no daba pie con bola, era un puro manojo de nervios. No me concentraba en nada, solo tenía ausencias mentales constantes cuyo único pensamiento era cómo, cómo podía yo lograr mi objetivo: tenerla. Mire, a pesar de haber sufrido tanto por mi deformación, nunca me sentí tan frustrado y cabreado con el mundo como hasta entonces. De manera repentina, o al menos de un modo inesperado me convertí en aquella semana en una persona irascible, ya me entiende. Tenía ya casi cuarenta años y nadie me había besado, no tenía un regazo en el que apoyarme, ni a nadie a quien cuidar ni proteger, ni con quien enfadarme por tonterías, ni a quien apoyar en sus proyectos o echarlos por tierra. En fin, esas cosas de la convivencia. Era mi momento, era mi gran y única oportunidad. Era ella o la nada. El caso es que en tan solo unos días, pasé de ser una persona generosa y entregada, a una idea de vida ordenada y aburrida, a un vengador de una nueva causa: yo.

La semana siguiente vino a por sus gafas. Yo ya le había dado instrucciones a mi socio para que la hiciera entrar de nuevo en la sala de medición, preparada de nuevo para mantener un nivel de iluminación más que bajo. Ella entró y me saludó alegremente, preguntando qué tal había ido la semana. Yo estaba poco hablador, tenía delante de mí posiblemente la única oportunidad para hacer que ese momento fuera decisivo. No quería ni podía esperar más. No sé muy bien cómo se me pasó aquello por la cabeza, padre, le juro que fue de repente, como cuando te tropiezas y luego miras para atrás para ver qué te ha hecho casi caer, porque no te has dado ni cuenta de qué ha ocurrido. Y las palabras comenzaron a salir de mi boca como si alguien ajeno a mí las controlara. El mentiroso, el manipulador, el egoísta, el nuevo yo hablaba ahora. Le dije que era necesario hacer unas pruebas más porque habían salido al mercado unas lentes que podrían ir corrigiendo su defecto en la vista. A ella le pareció bien, no preguntó mucho más. Fui al pequeño laboratorio contiguo y volví con una caja pequeña que contenía ciertos colirios y otros fluidos con los que trabajamos. No lo dudé, ni temblé; era un autómata. No pensaba, solo hacía. Mezclé tres de ellos y los apliqué en sus ojos. Sus gritos y confusión hicieron entrar a mi socio en el laboratorio. Yo comencé a hacer mi teatro, preguntándole a voces quién había reordenado aquella caja. Ya le digo que no era yo el que hablaba. Mi socio no terminaba de comprender qué estaba ocurriendo. Supongo que intentaba hacer memoria de qué podría haber hecho mal al organizar el contenido de aquella caja, le gustaba hacerlo todas las semanas desde hacía meses.

El diagnóstico oficial de la que luego se convertiría en mi mujer hasta ayer fue ceguera ocasionada por quemadura de la retina. En cuanto a la cuestión práctica, bien, nunca fui juzgado por nada, y en todo momento declaré a favor de mi socio, no vaya a pensar otra cosa. Supongo que la incompetencia de los peritos hizo el resto. Durante todo aquello de médicos y juicios me fui convirtiendo en su principal ayuda para salir adelante, aprendió conmigo a ver de otra manera: sin mirar, ya sabe. Yo le dedicaba todo mi tiempo y supuse para ella una especie de salvación dentro del drama que estaba viviendo. De verdad que nos enamoramos, padre, creo que eso fue lo que me salvó de que los remordimientos no me hicieran quitarme de en medio, aparte del hecho de que ella dependía en gran medida de mí. Y hoy estoy hablando con usted porque tengo un juicio pendiente del que esta vez no me libraré, y no quiero hacerlo. A mi favor no podré alegar casi nada, bueno, quizás ella pudiera decir lo que me repetía casi a diario: «Eres la luz de mis ojos».

DULACÁN

«¡Sal de aquí! ¡Corre con todas tus fuerzas!», gritaba con el último aliento mientras observaba, con el rostro desencajado, los espasmos de su hermano en un vano intento por escapar del monstruo. Este corría, dando diminutas zancadas, batiendo sus bracitos de forma exagerada mientras le miraba con desesperación en busca de auxilio.

«¡Corre, Will!», su voz quedó suspendida en el aire, absorbida por un silbido de alta intensidad, casi ensordecedor, que atravesaba sus tímpanos hasta acuchillar su cráneo. El remolino negro se tornó aún más poderoso, dejándolos atrapados bajo su manto de energía con una fuerza descomunal y sus pequeños cuerpos quedaron inertes, suspendidos, inmersos a la deriva en aquel mar de partículas de aire, maldad y arena. La maléfica espiral se diluyó, pero llegó el primer impacto.

Los niños rebotaron contra el suelo, magullando sus carnes como si del puñetazo de una bestia diez veces más grande se tratase. El suelo dejó de temblar, y todo lo que hasta ahora giraba a su alrededor a un ritmo vertiginoso, se quedó quieto. El silencio fue tan brutal que daba miedo, el más grande que jamás habían sentido.

Martin abrió los ojos, tratando de distinguir alguna forma entre la oscuridad, algo que le resultase familiar para tener una referencia y poder orientarse dentro de la perversa atmósfera. Sentía el cuerpo entumecido. Con mucho cuidado, comenzó a mover las piernas, se levantó aún algo desorientado, y salió dando tumbos en busca de su hermano. Tenía más de un hueso roto.

—¿Will? ¡Will! ¿Dónde estás, Will? —gritó en medio del vacío. El eco parecía burlarse de su angustia.

Su alrededor se había tornado grisáceo y las partículas de arena quedaron suspendidas en el aire como si de un efecto mágico se tratase. Por desgracia, era real. Al fondo, un cielo purpúreo se levantaba gigante y misterioso desde el agrietado suelo, ocultando todo rastro de nubes y de sol.

—¿Will? ¿Dónde estás? ¡Dime dónde estás! —chilló aún más desesperado.

—Aquí.

El sonido parecía venir de su derecha. Martin desvió su rumbo, tratando de guiarse por la inocente vocecilla. Se sentía sin fuerzas, iba arrastrando los pies, como un espectro vagando. La polvareda y la neblina le impedían ver con nitidez, por lo que caminaba despacio y guiándose a tientas para no volver a caerse.

—Sigue hablándome, Will. —Tenía miedo de que callara para siempre—. ¡Sigue hablándome! Oye, Will, ¿cómo era esa canción que te gustaba tanto cuando eras pequeño, la del osito?

Estaba desesperado; no se perdonaría volver a casa sin su hermano. El pequeño comenzó a tararear su canción favorita con un hilillo de voz. ¡Seguía vivo! Martín le acompañó con la letra.

—Y se fue para un lado, se fue para el otro… Yo tengo un osito que se llama Sam. Jugamos a escondidas… Un, dos, tres… ¿Dónde estás?

Mientras, se arrastraba todo lo rápido que podía a través de la penumbra, imaginando una línea recta para no perderse, guiándose por la voz del pequeño. Tropezó. Y vino el segundo impacto, su frente chocó contra el suelo pero no le dolió. A duras penas, siguió buscando a tientas hasta, por fin, alcanzar a su hermano.

—Me duele mucho, Madtin —dijo señalándose la tripa. Martin se tiró al suelo, le palpó y Will soltó un alarido propio de un animal. Se percató de que estaba empapado de sangre, y ahogó un grito de terror—. Papá lo zabía. —Hizo otra mueca de dolor.

—¿Por qué dices eso? ¿Qué sabía papá? —preguntó angustiado. Aquello tuvo que dolerle mucho a su hermano. Demasiado.

Se quitó la chaqueta y la enrolló para presionar con ambas manos la hemorragia y hacer tapón. Will perdía mucha sangre y temía perderle.

—Que vendía ed dulacán. Ce lo dijo ad ceñod Ded —comenzó a gimotear. Martin quedó en silencio—. Nod cadtigadá... —Cogió fuerzas para seguir hablando—. Madtin, ¡me duele! —Y su llanto se hizo aún mayor.

—Nadie nos castigará. Y papá se pondrá muy contento cuando volvamos a casa. Ya lo verás…

Martin había vuelto tarde de la escuela, se había entretenido con los chicos compitiendo por ver quién lanzaba más lejos un zapato que le habían quitado al pringado de la clase. De camino a casa, pasó por el cobertizo y encontró a su hermano. Pensó que sus padres se habrían enfadado con él y que se había escondido allí, como hacía siempre, pero ahora entendía el porqué de su huida. En Carolina del Norte, las tormentas tropicales eran frecuentes, y desde pequeños ya sabían bien dónde y cómo ponerse a salvo. Pasaban primero por la costa de Florida y por eso siempre estaban avisados. Por desgracia, aquellas situaciones tan intensas formaban parte de su vida y sabían que era probable que ocurriera lo de aquel día.

El pequeño debió escuchar a su padre comentando algo con su vecino, el señor Red, y asustado, se escapó. Lo que nadie sabía es que la tormenta tropical prevista no solo se anticiparía, sino que convertiría en el huracán más terrible jamás conocido allí desde hacía décadas.

—Chist, calla, Will. —Apretó su manita con fuerza—. Ahora tienes que ser muy fuerte, ¿trato, colega? Voy a cogerte en brazos. Lo haré muy despacito para que no te duela. ¿Confías en mí?

Tenía que sacarle de allí para buscar ayuda urgentemente. ¡No había tiempo que perder! El pequeño levantó el pulgar, dando por sentado que estaba preparado y Martin tiró con todas sus fuerzas del pequeño. Sintió una punzada en el costado, se palpó y descubrió que él también estaba empapado de sangre. Will recostó la cabeza sobre su hombro y echaron a caminar lentamente, las piernas apenas le sujetaban. Algo de claridad se abría paso ante ellos y Martin recuperó un poco de fe.

—Vamos camino a casa, Will. Todo irá bien. —Le besó en la frente.

Atrás quedó la tenebrosa atmósfera de aire, maldad y arena. Martin caminaba a duras penas, pero aun así, sacó fuerzas para tararear la canción a su hermano. «Yo tengo un osito que se llama Sam… Venga no cierres los ojos. Y se fue para un lado… Se fue para el otro… Aguanta, pequeño, que ya llegamos».

El entorno pasó del gris al negro en cuestión de segundos y las partículas se agruparon para formar una estructura más densa, tanto que ahora Martin no veía nada; estaban en el ojo del huracán y la batida final era inminente.

Martin supo que algo no iba bien: se agazapó en el suelo haciéndose una bola y abrazó fuerte a Will, protegiéndole y dándole calor con su magullado cuerpo. Pero un viento fortísimo llegó por sus espaldas sin avisar, arrastrándolos. Y llegó el tercer impacto... "Un, dos, tres… ¡Pam! Y se fueron para un lado. Se fueron para el otro… Du, la, cán…".

SEIS METROS

Cae la noche y el cielo se viste de negro en las humildes afueras de la Ciudad de la Luz. Armand toma las últimas cucharadas de un generoso cuenco de sopa bien caliente, se dirige al único armario de la casa en busca de su abrigo y regresa a la cocina. Contempla a su esposa, que resopla y mira con desgana a través de la ventana, sin darse cuenta de que este la observa.

—Me marcho. —Ella se vuelve, sorprendida.

—No sabía que estabas ahí. Has llegado como un gato. —Disimula su apatía y finge que coloca la vajilla.

La mira. Está consumida. Adele siempre ha sido pálida y delgada, pero desde hace meses parece que, además de la inocencia y la juventud, también ha perdido la alegría.

—¿No me deseas suerte?

—Suerte.

—Acuéstate pronto, anda.

Besa su mejilla ahogando un suspiro y se despide hasta el día siguiente. Ella asiente, se ata el mandil y sigue con sus quehaceres. Armand coge sus viejos guantes y su gorro de lana antes de partir.

Cierra la puerta de su modesta casa, la planta baja de un viejo caserón de un barrio peligroso de París: la Tromperie. Se anuda la bufanda al cuello y mira al cielo. «Demasiado oscuro», piensa. Corre un aire desagradable, es febrero y el invierno está siendo muy duro. Desciende por las estrechas calles, pisando con cuidado; el suelo está helado. Los escasos farolillos que cuelgan de las fachadas iluminan con precariedad a Armand que, con andares torpes, camina, con fatiga, alejándose de la ciudad.

El viento arrecia con fuerza, doblando las ramas de los árboles, removiendo la hojarasca del suelo a su paso. Armand se contrae tiritando de frío y piensa en Adele: en sus ojos tristes, su fina cintura y sus labios de porcelana. «Ya queda menos», se dice, y sigue caminando en silencio bajo el oscuro cielo.

A lo lejos, un par de farolas que lucen con tristeza le dan la bienvenida al Cementerio de los Santos Inocentes. El padre Monpere, un hombre barbudo, larguirucho y de buen vestir, se baja de un carruaje fúnebre para darle la bienvenida.

—Mi nombre es Armand, Armand Guillome.

—Soy el Padre Monpere —responde con determinación el cura—. ¿Nervioso? —pregunta cortésmente.

—No, señor. Bueno… sí, un poco… bastante, la verdad. La gente en la ciudad habla, comenta muchas cosas acerca de este lugar… ¡Ya sabe!

—Ignore las leyendas —se anticipa—. Es cierto que desde que murió el viejo guarda son pocos los que han resistido aquí más de un mes, pero es debido al frío. La noche es dura y tranquila a la vez, y estoy seguro de que usted encontrará aquí su lugar.

—Siempre he trabajado de noche, así que no tengo problema. En cuanto al frío… necesitamos el dinero, señor.

Apenado, Armand piensa en la soledad de Adele, siempre desvelada e intranquila por las noches, y en que no le besa como antes.

—En más de veinte años tan solo hubo un par de incursiones de profanadores de tumbas. El resto han resultado ser chiquillerías, algún que otro curioso o invenciones. Le doy mi palabra, Armand. Últimamente ha habido algún que otro altercado, pero ha tenido lugar en las afueras de la ciudad; hoy mismo hemos oficiado el sepelio de un hombre rico que fue asaltado por unos desalmados.

—Lo sé, señor, fue en la Tromperie. Dicen que murió al caer de su caballo. Son peligrosas esas calles, y más aún de noche.

El cura se mete la mano en el bolsillo y saca una pequeña pistola. Armand se sobresalta al ver el arma.

—Cójala. Perteneció al anterior guarda. El cementerio cobija muchas almas y hay que extremar medidas, monsieur Guillome. No tendrá que utilizarla, pero se sentirá más seguro.

Armand la coge con su temblorosa mano y la guarda en el bolsillo de su abrigo. El corazón le palpita fuertemente y la respiración se le vuelve entrecortada.

—Si no tengo que utilizarla, ¿por qué me la da? Nunca he manejado una.

—Es de fogueo. Respete las señales y estará a salvo.

El ruido de un galope advierte de que un carruaje viene de camino. Los caballos irrumpen con brío y se detienen ante un «so» repentino a las puertas del camposanto; el cochero sacude la cabeza a modo de saludo y emite un gruñido. Monpere puede leer el miedo en los ojos del hombre tras la inoportuna pregunta que deja sin respuesta.

—Usted solo tiene que cuidar de que no entre nadie. Y ahora, lo lamento, pero se me hace tarde. Buena suerte, monsieur.

Estrecha su mano y se sube rápidamente al carruaje, que se aleja a toda prisa tras un «arre».

Antes de entrar a la caseta, Armand llama inconscientemente a la puerta. «¡Qué tontería», se dice. Con un fuerte chirrido los goznes ceden dejando paso a una pequeña, pero confortable estancia. Echa un vistazo y observa con satisfacción un viejo sofá, una manta y un infiernillo. Sobre la mesita baja, un cuaderno lleno de anotaciones (que ignora), y a su lado, un quinqué y un paquete de cerillas. Es la hora de hacer una primera ronda.

El cementerio es mucho más inhóspito de lo que imaginaba. Duda, coge la calle de la derecha y comienza a andar iluminándose con la escasa luz del quinqué. El terreno es irregular y arrastra levemente los pies para afianzarse, avanzando con cuidado. Los murmullos arrullados por el viento, que silba entre las tumbas y rebota con su eco, le intimidan. «No hay nadie», se dice. A medida que sus pupilas se acostumbran a la noche Armand se fija en los enormes mármoles y cruces que se alzan sobre la tierra, adornados con flores eternas e imágenes místicas que le despiertan escalofríos. El frío parece imperceptible, pero son sus pies y sus manos lo que ya no siente y decide volver a la caseta para entrar en calor y descansar un poco.

Desanda parte del camino pero en la encrucijada duda. «Siempre derecha», se dice. Durante el trayecto, se topa con un cartel que no logra descifrar y que juraría no haber visto antes. Armand no reconoce el camino; definitivamente, se ha perdido. El viento aúlla hasta tres veces y se estremece de miedo. «¿Y si no es el viento», duda; «¿pero qué va a ser si no?», se intenta tranquilizar. Suenan crujidos de hojas secas a sus espaldas, Armand se gira hacia la tenebrosa oscuridad y enfoca con la tenue luz pero no es capaz de distinguir nada. Suena un siseo al otro lado, traga saliva y pregunta en voz alta si hay alguien ahí. Vuelve a enfocar y se topa con el rostro más terrible que hubiera podido imaginar; es una mirada vacía y diabólica a la vez, como sin alma, aunque con los nervios no repara en que es una simple estatua, se bloquea y entra en pánico. Saca la pistola de su bolsillo e intenta apuntar a la criatura enfocándose con el quinqué que aún sujeta en la otra mano pero el brazo le tiembla de una manera incontrolable. No quiere disparar pero el murmullo es incesante y lo escucha cada vez más cerca, así que hace acopio de todas sus fuerzas y, por fin, se atreve. «Pam», resuena. Dispara un par de veces más al cielo del camposanto. «Pam, pam». El siseo persiste, y aterrado se retira unos pasos de forma torpe, pierde el equilibrio y el quinqué, que se aleja rodando cuesta abajo unos metros. Armand cae al vacío y sufre un terrible impacto; el dolor es tan intenso que le impide moverse. Gira sobre sí mismo e intenta incorporarse pero no lo consigue; tampoco ve nada. Se recuesta para descansar sobre lo que él cree que es una lápida y piensa en la soledad de su mujer, en sus ojos tristes y en sus labios de porcelana; esos labios que ya no le besan como antes. No puede evitar cerrar los ojos y, temblando de frío, cae rendido…

A la mañana siguiente, Adele prepara un buen plato de carne para cuando llegue su marido. A la tarde, este sigue sobre la mesa, intacto; Armand no ha vuelto para almorzar. Una hora más tarde el padre Monpere toca su puerta. Al verle, Adele hace un extraño gesto y se teme lo peor. El cura la abraza de forma solemne para consolarla.

—¡Seis metros! —se lamenta.

—Hay tumbas que se excavan muy profundas pero la valla y el cartel claramente prohibían el paso… Nos preocupa mucho la seguridad del cementerio.

—¿Cartel? Mi marido no sabía leer, padre…

—¡Vaya! Eso es terrible…

—¡Seis metros! —se repetía Adele, atormentada—. ¡Pobrecito! Allí muerto de frío y tan solo…

—No se atormente, mademoiselle…

—Me gustaría quedarme a solas, padre.

—Por supuesto. Cuente conmigo para lo que necesite para el entierro de su marido. —Besa su mano y se aleja hacia la puerta—. Le reitero mi más sincero pésame.

El cura sube al carruaje que aguarda a las afueras del viejo caserón de la Tromperie. «¡A la iglesia ¡Rápido!», ordena al cochero, que como de costumbre gruñe, y los caballos, obedientes, arrancan con brío.

Las viejas bisagras chirrían por la humedad y Monpere maldice en voz alta; está de muy mal humor. Coge su rosario, lo baña en agua bendita y baja las escalerillas que conducen a la capilla, donde aguardan centenares de huesos humanos perfectamente clasificados por áreas anatómicas a la espera de recibir su bendición y conocer su santo destino.

Desde hace semanas y siguiendo las órdenes de los altos cargos de seguridad de París, los jefes de la Iglesia organizan la exhumación de tumbas de los cementerios para aprovechar sus huecos, llenándolos hasta el último recoveco con los frescos cadáveres. Los restos de los muertos más antiguos son trasladados a horas intempestivas de la noche en carruajes furtivos para ser apilados en los osarios de las catacumbas, pues la nueva y terrible plaga de cólera que se cierne sobre la ciudad está ocasionando centenares de víctimas que también merecen lugar donde descansar en paz.

Antes de salir, Monpere se dirige al único retablo de la iglesia y se arrodilla sumiso entre las velas para rezar un último credo por las almas de los allí presentes. Cruza el claustro, contempla a través del portón y maldice de nuevo; está lloviendo, por lo que tiene que regresar al cementerio para tapar las fosas levantadas para que la tierra no se convierta en barro.

Al llegar al cementerio, ordena al cochero que le acompañe. Mientras este le ilumina con un quinqué, el cura arranca el cartel, retira la valla provisional y cubre con un plástico la fosa de seis metros donde murió el vigilante analfabeto. Se dirigen a un par de enclaves más y procede de la misma manera.

Ha dejado de llover, por lo que el regreso lo hacen más pausado. El cochero alumbra las calles de la necrópolis con la tenue luz del candil y avanzan observando los panteones, que se alzan con orgullo entre grotescas columnas y pomposos escudos familiares; aunque paradójicamente hermoso, no deja de ser un lugar siniestro, y más aún de noche.

A cien metros de la salida, Monpere escucha un gemido que le eriza la piel y la desazón se hace aún mayor cuando escucha una voz de ultratumba que grita: "¡Bertrand!"; parece venir del mausoleo. El cochero alza el farol pero los árboles son tan altos que ni la noche más blanca iluminaría los senderos que rodean los nichos, por lo que Monpere se ve obligado a acercarse al portón negro metálico y se alza de puntillas para observar a través del rosetón. Acercan el candil al tragaluz y miran, pero no hay nadie dentro.

Monpere, agitado, maldice por tercera vez en la misma noche y se lamenta de no haber recuperado la pistola que en verdad no era de fogueo. Huyen raudos hacia el carruaje, que tras un enérgico «arre"», sale a toda velocidad del siniestro lugar.

En el cementerio, siguen exclamando con dificultad: «¡Bertrand! ¡Marie!», pero nadie responde. Otra horrible punzada que le sacude todo el cuerpo le retumba hasta el cráneo al compás del corazón. Basile grita aún más fuerte pero el eco de sus alaridos termina a escasos centímetros de su cara.

Las horas pasan despacio y recuerda, entre fogonazos, el forcejeo con los atracadores encapuchados en el peligroso barrio de la Tromperie, el choque de su cabeza contra el adoquinado y la huida de su caballo. Desesperado, susurra con un hilo de voz: «¡Por favor! ¡Socorro! ¡Que alguien me ayude!».

Su cabeza herida late con fuerza y el pulso se debilita por momentos; su boca sedienta balbucea y cierra para siempre los ojos mientras rememora el repicar de las campanas, el responso de un cura y los rezos que velaron por su alma en una falsa despedida. Entre pena, locura y terror, el jinete de la Tromperie delira y se despide en silencio entre roble y raso.

Cae la noche y el cielo llora y se engalana de luto a las afueras de la ciudad. Despeinada y sin vajilla que fregar, Adele llora sin consuelo mientras mira a través de la ventana, sin nadie que la observe.

AMORES QUIJOTESCOS

Me enfrascaba tanto entre mis libros de caballería, que se me pasaban las noches enteras leyendo de claro en claro y los días divagando en turbio. Tan solo   me faltaba dama de quien prendarme, pues caballero andante sin amor es árbol sin hojas ni frutos, que diría mi amigo Alonso Quijano. Y a este viejo sabio, sombrío, no le queda más savia ni podría vivir más tiempo de hojas, por mucho que sean literarias.

El timbre me sobresaltó. «Ring», se oyó. «Ring», resonó, y me levanté del sillón desconcertado para abrir la puerta.

—¿Cómo usted tan pronto? —Miré el reloj.

—¡Mejor no pregunte! —La buena moza me apartó con determinación para hacerse paso e ir derecha a la cocina—. Esto enseguida está —dijo refiriéndose a la cazuela que acababa de poner al fuego—. ¡Espéreme en la habitación!

¡Qué mujer! ¡Qué carácter se gastaba Justina! Y obediente, allí me dirigí. Me despojé de la ropa hasta quedarme en calzones y me tumbé boca abajo a esperarla. ¡Qué feo eres, Alonso! ¡Y qué alto y desgarbado! ¡Pardiez!, me reprendía frente al espejo. Con Justina ya no sentía vergüenza, por la confianza que forjamos, pero me había tomado un largo tiempo alcanzarla, pues mi figura no era precisamente hercúlea sino más bien contrahecha y ante pocas mujeres me había postrado sin ropa alguna.

Justina, además de desempeñar las labores de mi hogar dos días en semana, hacía las veces de enfermera por mis problemas de reuma, una espondilitis que me iba dejando entumecido además de tieso como un palo, cual gigante inclinado. Ya sabes, Sancho, que de los gigantes la gente huye, y yo era también el caso, pues pocos se paran a apreciarnos y aún menos atinan que somos molinos disfrazados.

Antes de entrar, Justina llamó a la puerta, como hacía siempre. Era un mero acto formal, pues nunca esperaba respuesta. Primero, extendió la emulsión con su característico desparpajo, y antes de cubrir toda la espalda con paños calientes que buenamente contrapeaba, me amasó el lomo bajo hasta la paletilla, como ella explicaba en su lenguaje coloquial. Mi dama, más bien redonda y ruda, no tenía estudios ni era de gran conversar, pero era espontánea y alegre y con ella yo reía, ¿se necesita algo más para amar?

Para que los treinta minutos de terapia no resultaran aburridos, Justina solía accionar el vinilo de la habitación contigua pero ese día había escapado presurosa, olvidándose de darme musicalidad.

«¡Justina! ¡Justina!», grité sin éxito. El silencio se vio interrumpido por un cántico lejano que me dejó perplejo. ¡Qué contenta y jubilosa se mostraba de repente! ¿Qué mosca le habría picado? «¡Justina», repetí. ¿Se habría olvidado de mí? Mientras tanto, para no caer en el aburrimiento del monólogo, repasé en voz alta uno de mis párrafos favoritos de El Quijote:

«Porque has de saber, Sancho, si no lo sabes, que dos cosas solas incitan a amar, más que otras, que son la mucha hermosura y la buena fama, y estas dos cosas se hallan consumadamente en Dulcinea, porque en ser hermosa, ninguna le iguala, y en la buena fama, pocas le llegan. Y para concluir con todo, yo imagino que todo lo que digo es así, sin que sobre ni falte nada, y píntola en mi imaginación como la deseo, así en la belleza como en la principalidad,…».

Y hablando de imaginación, resultó que no era enajenación mía, y que la cantinela que se hacía eco por toda la casa no era tal, sino sollozos. ¡Cuán terrible debía ser el mal que le afligía! Cesó el llanto y aproveché para exclamar de nuevo, como si de la primera vez se tratase, para no tensarla. «¡Justina!» Cuando por fin llegó, disimuló su tristeza y, con voz airosa, pidió disculpas por la tardanza, a lo que yo resté importancia simulando que acababa de despertar de un sueño profundo y hasta fingí de gusto desperezarme.

Una vez liberado del tormento, me permitió intimidad para que me vistiera. Veloz, salí hacia el pasillo a su encuentro para darle las gracias y me tranquilizó que no rehuyese mi mirada, aunque era evidente que había llorado. Me confesó que estaba encinta de un fulano quien, eludiendo el fruto del devaneo, permanecería en el anonimato. Mi amada rompió a llorar de nuevo y, consternado, la estreché entre mis brazos. ¡Qué agradable sensación volver a sentir piel con piel aunque fuera un instante!

Me contaba entre sollozos que, aún sin esperar ser madre, deseaba aquella criatura con muchas ganas, así que le ofrecí mi pañuelo para que secara sus bellos negros ojos y le hice prometer que no lloraría más por aquello, pues para cualquier desdicha hay consuelo y más si se tiene fe.

Embriagado por la situación, por el deseo por Justina y dado el apuro que ella sufría, le propuse matrimonio casi sin pensar y, con gran sonrojo, ella masculló lo que pareció ser un sí. Cogió mi mano, la colocó sobre su vientre y resultó una bonita estampa, amigo Sancho. ¡Tendría una familia, como tú!

Confuso por la euforia cual chiquillo enajenado y envuelto en aquel anómalo estado que llaman enamoramiento, me dejé hacer y reí a carcajadas sin poder apartar la mano del milagro, y ella también rio con alegría.

¡Ay, querido Sancho! Me vi con yugo y sin rocín. Que lo que yo creí comienzo de algo bueno fue el principio de mi fin... A la semana siguiente mi bella Justina, mi amada, mi Dulcinea, no volvió. Ni a la siguiente, ni a la otra... Nunca más tuve noticias suyas. ¿Cómo era posible? ¿Qué habría hecho mal para merecer aquel desplante? ¿Qué había en mí para estar condenado a una vida solitaria? Quizá encontró un fulano más joven o un mengano mejor formado o simplemente no se sintió capaz de aprender a quererme, de amarme como yo era: un gigante maniatado a mi perfecta imperfección.

«Tengo un remedio para su espalda: el compuesto (hecho a base de ortiga, romero, eneldo, pimentón, guindilla y aloe vera en un litro exacto de agua destilada), debe cocer durante veinte minutos y reposar bien tapado otros cinco para que no pierda sus propiedades curativas. Déjeme a mí, y en un par de meses, habrá mejorado mucho de sus dolores», me dijo un día. Los juegos del amor no son sencillos a veces. De hecho, nunca lo son. Y es entonces, amigo Sancho, cuando uno aprende lo que es el verdadero dolor al pintar a sangre y fuego al ser amado que ya no está. A esto debía de referirse Don Quijote al hablar de pintar con principalidad en la imaginación...

Que sin riqueza por ti yo muero, Dulcinea.

Y es por ti que yo respiro y vivo también.

Por ti que mi alma mancillada pena,

Y es sin ti, sin gozo, que dejaré de ser...

Años más tarde, tuve la suerte o el infortunio de encontrarla y ni siquiera se dignó a saludarme; caminaba de la mano de un mozo bien puesto y con la otra sujetaba a un niño: el que hubiera sido mi milagro. No. Justina ya no era bella y como sabes, nunca gozó de buena fama pero mi corazón maltrecho la eligió como dama, confiriéndola el honor de mi locura, el mayor rango: mi perpetua armadura.

Mientras, yo seguía leyendo por las noches cada vez menos hojas y menos vista y con más turbios que claros, dudando si los amores quijotescos alcanzan más allá de los sueños, fabricando remedios para mis dolores de cuerpo y de alma, batido a muerte cada instante contra los molinos que soplaban a mi soledad. ¡Pardiez, Sancho! ¿O eran gigantes…?

SANGRE Y ALAS

Ahorrar los veinte mil dólares le costaría algo más que sangre y alas pero estaba dispuesto al sacrificio, ya que su voz animal le imploraba abandonar por siempre su inconcluso vacío. ¿Qué le quedaba al fin y al cabo? Era de locos pero el documental sobre las luciérnagas del Lago Ozarks le había removido los intestinos; se sentía casi humano y hasta le latía una pizca de euforia por esa nueva y extraña sensación de fascinarse por otro ser vivo.

Y es que la luciérnaga no era un insecto vulgar; sus acrobacias al vuelo eran espléndidas: hacia delante o hacia atrás, subiendo o bajando en vertical e incluso haciendo loopings. Lo más impresionante es que, aunque fueran breves horas, podía brillar a voluntad y eso le sobrecogió. ¿Quién podía salir de su oscuridad por sí mismo? Él, desde luego, no lo había conseguido. Y fue así, buscando cobijo para su sombra, que Harold Bathory trazó el plan que acabaría por fin con su miserable existencia.

El amoroso Dennis Bathory y la dulce Trinidad se conocieron íntimamente entre vaivenes, extasiados con las olas de un mar frío y salvaje y una gran dosis de alcohol festivo. Entre promesas y caricias, seguidas de una extenuante penetración, Dennis se jactó de ser un heroico y experto montañero y Trinidad, sumamente entregada, le prometió esperarle a su regreso en aquella misma playa de Valparaíso un mes más tarde.

Al día siguiente, la expedición partió rumbo al Campo de Hielo Norte, la zona más cruel de la Patagonia, con la intención de coronar el Monte San Valentín (de más de cuatro mil metros de altura). Después de atravesar con suma dificultad el lago de San Rafael y ya en mitad de la travesía, Dennis y otros dos compañeros quedaron atrapados en una terrible grieta glaciar y murieron entre las aguas polares, sacrificados por el resto del equipo. Cuando les rescataron fue tarde, pues eran mera carne congelada. Trinidad, inconsciente, quiso ver a Dennis para despedirse de él antes de su expatriación a los Estados Unidos, y la escena fue tan grotesca que no logró encajar el golpe.

Con la llegada de Harold se desconectó todavía más de su insulsa realidad. De dulce, Trinidad pasó a ser sombría; no comía ni hablaba, y hasta se le agotaron las lágrimas. Ella quería un novio o incluso un marido, pero nunca criaría a un hijo sola. Poco después y sin que sus padres interpretaran las señales que en silencio emitía, se apagó con ayuda de barbitúricos por hipotermia en una bañera repleta de cubitos de hielo, simulando la despedida de su amado, sin importarle dejar a aquel niño gordito de cara poco afable y mirada perdida a la deriva, en un mundo en el que ella ya no estaría.

Ya desde pequeño y sin saber por qué, la gente rehuía su mirada y Harold se acostumbró a ocultar la suya tras las diminutas gafas; siempre se reían del gordito, del estigmatizado por la infelicidad. En el colegio no prestaba atención, todo le aburría excepto las clases de ciencias y los recreos los pasaba como siempre, en soledad, observando a otros seres vivos no humanos y poniendo en práctica lo que aprendía de los documentales de naturaleza del canal de pago de casa.

Tan solo Angélica, la niña conocida por regalar abrazos, se le acercaba sin ningún tipo de pudor, por lo que aquel día se decidió a hacerle un regalo. Harold sacó de su bolsillo y con mucho orgullo el hermoso y gordo ciempiés que él mismo había capturado para ella pero, para su sorpresa, el resultado no fue el esperado: el ciempiés salió volando y murió del estrepitoso golpe, la niña le abofeteó y salió corriendo a chivarse a la profesora, que le castigó durante dos meses sin salir al recreo por hacer llorar de aquella horrible manera a su delicada compañera de clase.

Harold estaba contrariado y necesitaba aclarar dudas sobre las niñas con su abuelo que, sin ser propenso en risas o en afecto, le proporcionaba mucha más paz que su abuela pues, de alguna forma, María Fernanda le culpaba por la hija perdida y le castigaba negándole cariño, además de lo básico en un hogar si el niño tenía hambre o sed. Aunque Harold tenía prohibido molestar a su abuelo cuando estaba trabajando, al regresar del colegio se las apañó para colarse en su habitáculo secreto. Se escondió bajo la estructura metálica donde se esterilizaban las válvulas de los inyectores, las cánulas y los tubos aspiradores y aunque la sensación era fría, Harold agradecía el confort del roce artificial. Se quedó hipnotizado por el profundo olor a formol que le acompañaría siempre desde entonces, observando a su abuelo que parecía un artesano, tan concentrado y dedicado a la tarea que le abstraía en aquel claroscuro lugar lleno de nada.

Ajeno a su presencia, Ventura extendió sin ninguna delicadeza la emulsión jabonosa sobre el cadáver para después masajear los músculos faciales, pasando por los del cuello hasta llegar a los de las extremidades, forzando las articulaciones; aun así, la dureza de la muerte se le oponía y tuvo que realizar unos cortes estratégicos en los tendones aquíleos y bíceps surales, así como en los psoas y pectorales mayores. Después, colocó las copillas oculares bajo los párpados y el formador bucal para mantener boca y ojos cerrados, así como un algodón en garganta y tráquea para absorber los líquidos que pudieran ser regurgitados. Por último, le cosió la boca con alambres y echó un par de gotas de pegamento en los labios para que el cierre pareciera espontáneo. Cogió el martillo manual y le asestó un par de fuertes golpes en el cráneo… ¡Pam!

Harold tardó un buen rato en darse cuenta de la trágico situación de la que era testigo y temiendo que a él pudiera pasarle lo mismo, entró en pánico y salió huyendo, volcando parte de las herramientas de trabajo a su paso. El ruido de las herramientas al golpear el suelo alertó a su abuelo que, entre atemorizado y avergonzado por lo que este acababa de descubrir, salió tras él sin percatarse de que la manguera succionadora permanecía conectada a la máquina central y casi se degolló con ella a su paso. El impacto fue tal que el tubo se arrancó de cuajo, regando de sangre y hedientos restos de tejidos al propio cadáver y al niño. Para su sorpresa, Harold no lloró, sino que se limitó a limpiarse la cara con la manga mientras miraba fijamente al que creía un monstruo, temblando y sin pestañear, y Ventura comprendió que había llegado el momento de romper la inocencia de aquel niño y explicarle sobre su oficio y sus antepasados.

Ser embalsamador era una profesión digna aunque estrambótica; había aprendido el oficio de su padre, y este del suyo, pues provenían de un pueblo nómada precolombino entre Arica y el Valle de Camarones, donde la cultura Chinchorro era pródiga en la momificación similar a la egipcia. Si bien dignificaban su arte a base de resinas vegetales y bálsamos naturales, lo cierto es que desollaban y descarnaban los cuerpos, removían sus entrañas con sus propias manos y las vísceras eran secadas al fuego para después, rellenar el interior con caños y modelar con arcillas los huecos para que al colocar de vuelta la piel en su sitio, esta encajara. El elemento estético de la máscara y la peluca de pelo natural ponían punto y final al ritual. Ventura insistía en que las cosas, por suerte, no eran como antes, y que el objetivo principal era evitar la descomposición y que se le acercasen los insectos, pues aceleraban el deterioro al favorecer su putrefacción.

¿Qué? ¡Insectos! Para Harold, era imposible encajar con seis años que de no ser por su abuelo, sus seres favoritos devorarían a los muertos y no estaba permitido. ¿Por qué? ¿Por qué estaba mal? Era evidente que si a las dos personas más importantes de su mundo no les gustaban los insectos, él debía ponerse de su lado y sentir lo mismo y se alejó por completo de ellos; abandonó los documentales que tanto le gustaban y se olvidó de pasar tiempo al aire libre. Después de un tiempo difícil, Harold se sentía ansioso e hizo lo inevitable: escapar en su busca, pero la culpa le superaba, y la única manera que se le ocurrió para que su abuelo, Angélica y los insectos estuvieran presentes a la vez en su vida, era poseer a estos últimos muertos.

Ventura le enseñó a aplicar la química y este aprendió rápido. Al principio, solo se atrevía con los más lentos porque matarlos le alteraba y necesitaba calma y máxima concentración. Después, ya se decidió con los más veloces y, por último, con los que volaban. Con práctica, llegó a ser sencillo: con un bote de boca ancha y serrín de corcho empapado en alcohol, el bicho se asfixiaba y la muerte química facilitaba, a su vez, poder maniobrar con sus extremidades para colocarlos a su antojo. Para los alados, Harold usaba un añadido químico peligroso pero certero, el cianuro potásico, que robaba a su abuelo, impregnando el cazamariposas de gasa o nylon.

A los quince años, ya tenía un completísimo kit: pinzas, agujas engomadas, alfileres, etiquetas, una cámara húmeda, un reblandecedor, un extendedor de madera, goma arábiga, glicerina y una inmensa variedad de pinceles. A los dieciocho, Harold contaba con más de veinte mil insectos disecados; su colección iba alimentándose de forma exponencial con mosquitos, mariposas, cochinillas, polillas, hormigas, moscas, escarabajos, saltamontes, mosquitos, abejorros, avispas y libélulas que hallaba entre flores, plantas, piedras, fango, charcos y arroyos, normalmente de noche, provisto de linternas.

Quince años más tarde, Harold había conseguido una beca en la Facultad de Medicina de Valparaíso como formador de preparadores de cadáveres en la Sala seis de Anatomía.

—Una vez que el «cliente» es depositado en nuestra mesa de trabajo, legalmente es responsabilidad nuestra. Además tenemos un deber moral: la integridad de… —Alzó el cobertor que cubría su cuerpo— una señorita, en este caso. Comenzaremos con dos lavados con jabón anti germicida alternando con pases intensos por la boca, encías, lengua y fosas nasales. Ahora, introducimos una gasa a través de la garganta hasta la tráquea. Importantísima esta fase, pues nos preservará de infecciones.

Se escucharon cuchicheos.

—¿Dónde los almacenan?

—En piscinas con formol, normalmente. Hay alternativas, como los ácidos clorhídrico o sulfúrico, o incluso el nítrico o arsénico, pero son más tóxicos.

—¿Cómo se hacen donantes?

—Normalmente, lo tienen pactado con la familia aunque la mayoría son indigentes, enfermos víricos o prostitutas. ¿Puedo seguir? —Miró algo molesto al impertinente alumno. Se ajustó los guantes, encendió la bomba aspiradora y enganchó la manguera—. Ahora, pasamos a la parte química del proceso como tal: como veis, el trocar o tubo hueco unido a la goma se introduce bajo la última costilla. —Harold iba actuando sobre la marcha—. ¿Lo veis? Voy succionando fluidos, gases y trozos de órganos que desecharemos en envases plásticos especiales. Repetiríamos el mismo proceso con la cavidad abdominal, pero hoy no lo voy a hacer porque vamos mal de tiempo, así que tomad nota. Luego se inyectaría el líquido embalsamador, a base de formol, colorantes y otros componentes germicidas con agua, que bombearíamos con el inyector a través de su sistema vascular. Recordad que ano y vagina (uretra en caso de que fuera un hombre) se sellarían con un tornillo y polvo sellador y, para finalizar, repetiríamos el lavado para comprobar que hay escape de fluidos. Todo esto lo veremos el próximo día pero así os va sonando. Ahora, si me ayudáis a darle la vuelta…

Harold agarró a la mujer por la cadera y axila izquierdas, invitando a que la alumna que se había ofrecido voluntaria le imitase. El cadáver quedó boca abajo y Harold se percató de que la chica tenía una mariposa tatuada en su baja espalda, y sin poder articular palabra, cogió uno de los cubos donde depositaban desechos anatómicos y vomitó en él.

Después del desafortunado acontecimiento con ella en el colegio, Harold se distanció unos años de Angélica, aunque siempre sintió por ella una admiración especial, atracción e incluso diría que amor. Ella tampoco fue buena estudiante y en algún momento, años más tarde, la vida les juntó dándose a la mala vida. Ella solía reírse del peludo ciempiés y bromeaba con que su rareza les hacía especiales; eran unos incomprendidos pero acabarían por encontrar su sitio, como las orugas cuando se transforman en mariposa y surcan el cielo. Con esta metáfora, Angélica no solo cambió de idea con respecto a los insectos, sino que había encontrado a su ser vivo especial, grabándolo en su piel, pero la mariposa de carne y hueso no acabó bien: pasó de regalar abrazos y besos a vender su cuerpo y, cierto día, alguien decidió despojarle de sus alas.

Harold no podía creer que se hubiera hecho prostituta. Angélica, no. Ella no… Al finalizar la jornada se fue a nadar, como siempre, pues la piscina era el segundo lugar donde no tenía que llevar el pesado y mordaz disfraz. Un par de largos más y abandonó; no era capaz de recuperar la calma. Todas las personas importantes de su mundo le habían abandonado: primero su madre, luego su abuelo y, por último, su ángel.

Harold cayó en una depresión y dejó de trabajar. Vivía en la casa que había heredado de sus abuelos, y se refugiaba en el habitáculo secreto para reunirse con su única compañía: sus insectos. Ya no quería ir a nadar. Tampoco comía y perdió dieciocho kilos. Por supuesto no quería vivir, para variar. Recuperó las grabaciones de los documentales que tanto le gustaban cuando era pequeño y dedicó horas y horas a rememorarlos, tirado en el sofá, dejando que el tiempo simplemente pasara.

Ese día, el programa trataba sobre luciérnagas, capaces de generar una reacción química conocida como bioluminiscencia, tal y como relataba la voz en off de la televisión: «Usan esta capacidad para atraer tanto a potenciales parejas como a presas, pues son depredadoras: comen mosquitos, moscas, abejas, mariposas, tábanos y polillas y, gracias a ello, contribuyen a controlar epidemias, ya que muchos insectos son portadores de paludismo, fiebre amarilla, etc...» —escuchaba—. «Las luciérnagas macho brillan durante la noche y si las hembras se sienten atraídas, responden con destellos de luz. Si no hay atracción, permanecen escondidas en la oscuridad. Tienen vida anfibia: la larva vive en el agua y los adultos en tierra con vegetación, aunque su hábitat siempre está cercano al agua corriente o estancada de lagos, charcos, ríos y pantanos. La mayor parte de su vida la pasa inmersa en el agua en el estado de ninfa, a veces tarda en desarrollarse hasta cinco años (más tiempo cuanto mayor sea su tamaño) y es entonces cuando abandona el medio acuático. Nuestras amigas, emiten esta mágica luz roja, verde o amarilla, generando este misterioso efecto. Les habla David Reeds desde el Lago Ozarks, Missouri».

Harold estaba fascinado y feliz: él también había encontrado su insecto especial. Hizo unas cuantas llamadas y pidió presupuestos por internet. Le costó encontrar una cámara de congelación que, a su vez, también fuera de vacío y programable. Tendría que ser de segunda mano, ya que los portes y el billete de avión de ida eran muy caros para viajar desde Chile hasta los Estados Unidos. Disponía de ahorros pero necesitaba vender toda su colección de insectos disecados, así que se puso manos a la obra e hizo un inventario de sangre y alas. Necesitaba veinte mil dólares y los consiguió. Por fin, acabaría con su inconcluso vacío.

Dejó de comer para ser más liviano y se fue despidiendo de sus recuerdos; no todos eran malos. Se introdujo en la cámara de refrigeración y se inyectó el ácido cianhídrico para que la muerte fuera rápida y una gran dosis de suero fisiológico, para bajar su temperatura corporal lo suficiente. Gracias a la modernización de los rituales mortuorios, había descubierto la liofilización, donde una vez sin vida y congelado, se producía el vacío: una separación del agua celular por sublimación, pues si esta genera la vida, cuando está presente en la muerte, acelera la putrefacción y quería llegar a su destino lo más fresco posible.

Llegó el día y las indicaciones eran sencillas: recoger en su domicilio la cámara, introducirla en la caja que habría comprado a medida y que estaba señalizada con una pegatina verde fosforito y cargarla al avión con destino a Missouri que haría parada obligatoria en el Lago Ozarks. Aquel jueves, la empresa de transporte se presentó puntual en el habitáculo secreto de su abuelo. Sobre la caja había una copia del contrato firmada por Harold Bathory y unas últimas indicaciones. Todo salió según su plan.

A la altura del lago, la caja, que hacía los efectos de féretro para Harold, cayó con un gran impacto contra el agua, sumergiéndose en paz. Era de noche y la mágica luz espontánea de miles de luciérnagas le dieron la bienvenida en Ozarks. Harold se convertiría en ninfa y esperaba evolucionar algún día a su insecto especial.

Por fin, Harold podría descansar, sin sentirse juzgado por ser el monstruo que únicamente vibraba entre muerte, sangre y alas. Adónde vamos cuando morimos es un misterio, pero cada uno elige si quiere permanecer a la luz o en la sombra eternamente…